人文阅读与收藏·良友文学丛书

舒乙题

原丛书主编：赵家璧

特邀顾问：舒　乙　赵修慧　赵修义　赵修礼　于润琦

出 品 人：马连弟
监　　制：李晓琤
执　　行：张娟平
统　　筹：吴　晞　姚　兰
装帧设计：赵泽阳

特别鸣谢（按姓氏笔画排列）：
韦　韬　叶永和　李小林　沈龙朱　陈小滢　杨子耘
张　章　周　雯　周吉仲　舒　乙　蒋祖林　施　莲
姚　昕　俞昌实　钟　蕻　郑延顺　赵修慧
以及在版权联系过程中尚未联系到的作者或家属

特别鸣谢：
上海鲁迅纪念馆
北京鲁迅博物馆
北京大学中国语言文学系
复旦大学中国语言文学系
中国作家协会权益保障委员会

人文阅读与收藏·良友文学丛书

孟实文钞

朱光潜 著

中国国际广播出版社

良友版《孟实文钞》精装本封面

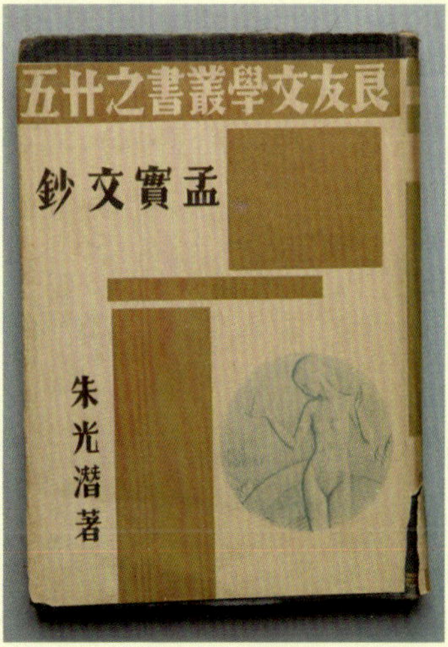

良友版《孟实文钞》精装本护封

良友版《孟实文钞》扉页

良友版《孟实文钞》朱光潜第一号签名本

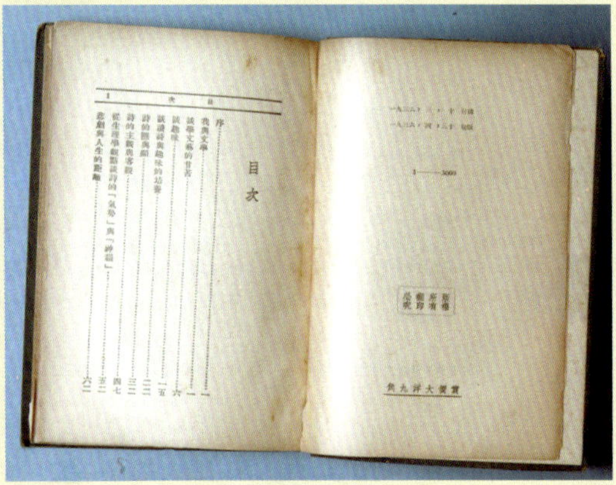

良友版《孟实文钞》内文

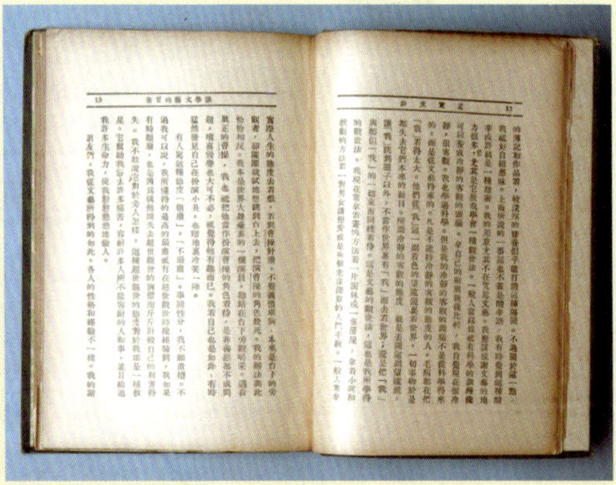

良友版《孟实文钞》版权页和内文第一页

《良友文学丛书》新版出版说明

二十世纪三四十年代，著名编辑赵家璧在上海良友图书公司老板伍联德的支持下，历经十余年，陆续出版《良友文学丛书》，计四十余种。其中三十九种在上海出版，各书循序编号，后出几种则无。该套丛书以收入当时左翼及进步作家的作品为主，也选入其他各派作家作品。其中小说居多，兼及散文和文艺论著；第一号是鲁迅的译作《竖琴》。丛书一律软布面精装（亦有平装普及本），外加彩印封套，书页选用米色道林纸，售价均为大洋九角。

《良友文学丛书》选目精良，在现在看来，皆为名家名作；布面精装的装帧更是被许多爱书人誉为“有型有款”。不可否认，在装帧设计日益进步的当下，这套出版于二十世纪三四十年代的丛书外形已难称书中翘楚，但因岁月洗汰，人为毁弃，这套曾在出版史上一度“金碧辉煌”过的丛书首版已然成为新文学极其珍贵的稀见“善本”。

在《良友文学丛书》首版八十周年之际，为满足现代普通读者和图书馆对该丛书阅读与收藏的需求，我们依据《良友文学丛书》旧版进行再版（四种特大本不在其列）。本着尊重旧版原貌的原则，仅对旧版中失校之处予以订正。新版《良友文学丛书》采用简体横排的形式，以旧版书影做插图，装帧力求保持旧版风格，又满足当下读者的审美趣味。希望这一出版活动对缅怀中国出版前辈们的历史功绩和传承中国文化有所裨益，也希望广大读者多提宝贵意见和建议，以便我们把日后的工作做得更好。

《良友文学丛书》新版校订说明

一、本丛书收录原良友图书公司编辑赵家璧主编《良友文学丛书》共四十六种（四种特大本不在其列），乃为目前发现且确系良友版之全部。

二、此番印行各书，均选择《良友文学丛书》旧版作为底本，编辑内容等一律保持原貌，未予改窜删削。

三、所做校订工作，限于以下各项：

（1）将繁体字改为简体字；

（2）原作注释完全保留；

（3）尽量搜求多种印本等资料进行校勘，并对显系排印失校者在编辑中酌予订正；

（4）前后字词用法不一致处，一般不做统一纠正；

（5）给正文中提到的书籍和文章及其他作品标上书名号，原作书名写法不规范、不便添加符号者，容有空缺；

（6）书名号以外其他标点符号用法，多依从作者习惯，除个别明显排印有误者外均未予改动。

目次

序

这个小册子所搜集的杂文大半是近三年中零星发表的，其中也有几篇如《小泉八云》，《安诺德》，《诗人的孤寂》等还是在国外做学生时代的试作。“文章千古事，得失寸心知”，这些杂文虽非“千古事”，它们没有什么好处，我自己却比旁人知道更清楚。我不让它们埋在破烂朝报里，除未能免俗之外，还有两个原因：

一，它们代表十年以来我的兴趣偏向，虽是一些散漫的理论文，篇篇都有我在里面。它们可以说是一种单纯的精神方面的自传，虽是敝帚，亦足自珍。

二，它们所代表的趣味，虽不敢说是特殊的，和现在一般人的却也不尽同。我本来学心理学，后来半路出家研究文学，由文学名著转到文学理论和美学，我的研究对象特别是诗。这条路似乎是中国一般研究文学者所轻视的。他们的注意都集中在比较重要的创作方面。这本是应该的。但是我从专干创作的朋友们的谈话中，深深地觉到他们的理论——他们瞧不起理论，其实也还在讲理论，——往往缺乏极粗浅的逻辑线索和极基本的事实根据。因此，我想如果有一部分人以约翰生为前车之鉴，少做些 The Vanity of Human Wishes 之类的诗，多做些 Preface to Shakespeare 之类的论文，对于将来的文坛也许不至于毫无裨补。创作文学和研究文学原来是两回事。现在一般人似乎以为非创作就不足与谈研究，或以为创作之外无研究，这种见解固然防碍研究的发展，对于创作自身，就长久之计说，也不见得有利益。文学和其他艺术在现代，似乎已离开“自然流露”的阶段而进到“有意刻划”的阶段了，是具有“自意识”的了，要想把理论的研究一笔勾消，恐怕也狠难吧。

这部小册子也并没有建设什么理论，不过它的趣味是偏向理论方面的。这几年中我在写一部《文艺心理学》和一部《诗学》，这些杂文是抽空儿写的。在那两部书里我用力对于文艺理论作有系统的研究，这些杂文多少流露一些做正经工作时的情趣和感想。

把这些杂文搜集在一块的兴头是沈从文和赵家璧两位先生惹起来的。内子今吾帮助校改错字，也费了好些力。

二十五年二月北平慈慧殿。

我与文学

我生平有一种坏脾气，每到市场去闲逛，见一样就想买一样。无论是怎样无用的破铜破铁，只要我一时高兴它，就保留不住腰包里最后的一文钱。我做学问也是如此。今天丢开雪莱，去看守薰烟鼓测量反应动作，明天又丢开柏腊图，去在古罗马地道下阴森曲折的坟窟中溯“高惕式”大教寺的起源。我已经整整地做过三十年的学生，这三十年的光阴都是这样东打一拳西踢一脚地过去了。

在现代社会制度和学问状况之下，百科全书式的学者已经没有存在的可能，一个人总得在许多同样有趣的路径之中选择一条出来走。这已经成为学术界中不成文的宪法，所以读书人初见面，都有一番寒暄套语：“您学哪一科?”“文科。”“哪一门?”“文学。”假如发问者也是学文学的，于是“哪一国文学? 哪一方面? 哪一时代? 哪一个作者?”等问题就接着逼来了。我也屡次被人这样一层紧逼一层地盘问过，虽然也照例回答，心中总不免有几分羞意，我何尝专门研究文学？何况是哪一方面和哪一时代的文学呢？

在许多歧途中，我也曾碰上文学这一条路，说来也颇堪一笑。我立志研究文学，完全由于字义的误解。在我幼时所接触的小智识阶级中，“研究文学”四个字只有两种流行的涵义：做过几首诗，发表几篇文章，其至于翻译过几篇《伊索寓言》或是《安徒生童话》，就算“研究文学”。其次随便哼哼诗念念文章或是看看小说，也是“研究文学”。我幼时也欢喜哼哼诗念念文章，自以为比做诗发表文章者固不敢望尘，若云哼诗念文章即研究文学，则我亦何敢多让？这是我走上文学路的一个大原因。

谁知道区区字义的误解就误了我半世的光阴！到欧洲后见到西方“研究文学”者所做的工作以及他们所有的准备，才懂《庄子》海若望洋而叹的比喻，才知道“研究文学”这个玩艺儿并不像我原来所想像的那样简单，尤其不像我原来所想像的那样有趣。文学并不是一条直路通天边，由你埋头一直向前走，就可以走到极境的。“研究文学”也要绕许多弯路，也要做许多干燥辛苦的工作。学了英文还要学法文，学了法文还要学德文，希腊文，意大利文，印度文等等；时代的背景常把你拉到历史哲学和宗教的范围里去；文艺原理又逼你去问津于图画，音乐，美学，心理学等等学问。这一场官司简直没有方法打得清！学科学的朋友们往往羡慕学文学者天天可以逍闲自在地哼诗看小说是幸福，不像他们自己天天要埋头记干燥的公式，搜罗干燥的事实。其实我心里有苦说不出，早知道“研究文学”原来要这样东奔西窜，悔不如学得一件手艺，备将来自食其力。我现在还时时存着学做小儿玩具或编藤器的念头。学会做小儿玩具或编藤器，我还是可以照旧哼诗念文章，但是遇到一般人对于“研究文学”者“专门哪一方面”式的问题就可以名正言顺地置之不理了。那是多么痛快的一大解脱！

我这番话并不是要唐突许多在外国大学中预备博士论文者，只是向国内一般青年自道甘苦。青年们免不掉像我一样有一个嗜好文艺的时期，在现代中国学风之中，也恐怕免不掉像我一样以哼诗念文章为“研究文学”。倘若他们再像我一样因误解字义而走上错路，自然也难免有一日要懊悔。文艺像历史哲学两种学问一样，有如金字塔，要铺下一个很宽广笨重的基础，才可以逐渐砌成一个尖顶出来。如果入手就想造成一个尖顶，结果只有倒塌。中国学者对于西方文艺思想和政教已有半世纪的接触了，而仍然是隔膜，不能不归咎于只想望尖顶而不肯顾到基础。在文艺，哲学，历史三种学问中，“专门”和“研究工作”种种好听的名词，在今日中国实在都还谈不到。

这番话只是一个已经失败者对于将来想成功者的警告。如果不死心蹋地做基础工作，哼哼诗念念文章可以，随便做做诗发表几篇文章也可以，只是不要去“研究文学”。像我费过二三十年工夫的人还要走回头来学编藤器做小儿玩具，你说冤枉不冤枉！

（原载《我与文学》。）

谈学文艺的甘苦

亲爱的朋友们，

这个题目是丏尊先生出给我做的。他说常接到诸位的信，怪我近来少替《中学生》写文章，现在《中学生》预备出“文艺特辑，”希望我说几句切实的话。诸位的厚意实在叫我万分惭愧。我从前常给诸位写信时，自己还是一个青年，说话很自在，因为我知道诸位把我当作一个伙伴看待。眼睛一转，我现在已经糊糊涂涂地闯进中年了。因为教书，和青年朋友们接触的机会还是很多，但是我处处感觉到自己已从青年侪辈中落伍出来了。我虽然很想他们仍然把我看作他们中间一个人，但是彼此中间终于是隔着一层什么似的，至少是青年朋友们对于我存有几分歧视。这是常使我觉得悲哀的一件事。我歇了许久没有说话，一是没有工夫去说，二是没有兴会去说，三是没有勇气去说。至于我心里却似一个多话的老年人困在寂寞里面，常渴望有耐烦的年轻人听他唠叨地剖白心事。

我担任的是文学课程。那些经院气味十足的文艺理论不但诸位已听腻了，连我自己也说腻了。平时习惯的谦恭不容许我说我自己，现在和朋友们通信，我不妨破一回例。我以为切己的话才是切实的话，所以我平时最爱看自传，书信，日记之类赤裸裸地表白自己的文字。我假定你也是这样想，所以在这封信里我只说一点切身的经验。我所说的只是一些零星的感想，请恕我芜杂没有系统。

我对于做人和做学问，都走过许多错路。现在回想，也并不十分追悔。每个人的路都要由他自己摸索出来。错路的教训有时比任何教训都更加深切。我有时幻想，如果上帝允许我把这半生的账一笔勾消，再从头走我所理想的路，那是多么一件快事！但是我也相信，人生来是“事后聪明”的，纵使上帝允许我“从头再做好汉，”我也还得要走错路。只要肯摸索，到头总可以找出一条路来。世间只有生来就不肯摸索的人才会堕落在迷坑里，永远遇不着救星。

一般人常说，文艺是一种避风息凉的地方，在穷愁寂寞的时候，它可以给我们一点安慰。这话固然有些道理，但亦未必尽然。最感动人的文艺大半是苦闷的呼号。作者不但宣泄自己的苦闷，同时也替我们宣泄了苦闷，我们觉得畅快，正由于此。不过同时，伟大的作家们也传授我们一点尝受苦闷的敏感。人生世相，在健康的常人看，本来是不过尔尔，朦胧马虎地过活，是最上的策略。认识文艺的人对于人生世相往往见出许多可惊可疑可痛哭流涕的地方，这种较异样的认识往往不容许他抱鸵鸟埋头不看猎犬式的乐观。这种认识固然不必定是十分澈底的，再进一步的认识也许使我们在冲突中见出调和。不过这种狂风暴雨之后的碧空晴日，大半是中年人和老年人的收获，而且古今中外的中年人和老年人之中有几人真正得到这种收获？苦闷的传染性极大，而超脱苦闷的澈底解悟之难达到，恐怕更甚于骆驼穿过针孔。我对于西方文学的认识是从浪漫时代起。最初所学得的只是拜伦式的伤感。我现在还记得在一个轮船上读《少年维特的烦恼》，对着清风夕照中的河山悄然遐想，心神游离恍忽，找不得一个安顿处，因而想到自杀也许是唯一的出路；我现在还记得十五年前，——还是二十年前？——第一次读济兹的《夜莺》歌，仿佛自己坐在花阴月下，嗅着蔷薇的清芬，听夜莺的声音越过一个山谷又一个山谷，以至于逐渐沈寂下去，猛然间觉得自己被遗弃在荒凉世界中，想悄悄静静地死在夜半的蔷薇花香里。这种少年时的热情，幻想和痴念已算是烟消云散了，现在回想起来，好像生儿养女的妇人打开尘封的箱箧，检点处女时代的古老的衣装，不免自己嘲笑自己，然而在当时它们费了我多少彷徨，多少挣扎！

青年们大概都有一个时期酷爱浪漫派文学，都要中几分伤感主义的毒。我自己所受的毒有时不但使我怀疑浪漫派文学的价值，而且使我想到柏拉图不许他的理想国里有诗人，也许毕竟是一种极大的智慧。无论对于人生或是对于文艺，不完全的认识常容易养成不健康的心理状态。我自己对于文艺不完全的认识酿成两种可悲哀的隔阂。第一种是书本世界和现实的隔阂。像我们这种人，每天之中要费去三分之二的时间抱书本，至多只有三分之一的时间可以应事接物。天天在史诗，悲剧，小说和抒情诗里找情趣，无形中就造成另一世界，把自己禁锢在里面，回头看自己天天接触的有血有肉的人物反而觉得有些异样。文艺世界中的豪情胜概和清思敏感在现实世界中哪里找得着？除非是你用点金术把现实世界也化成一个文艺世界？但是得到文艺世界，你就要失掉现实世界。爱好文艺的人们总难免有几分书呆子的心习，以书呆子的心习去处身涉世，总难免处处觉到格格不入。蜗牛的触须本来藏在硬壳里，它偶然伸出去探看世界，碰上了硬辣的刺激，仍然缩回到硬壳里去，谁知道它在硬壳里的寂寞？

我所感到的第二种隔阂可以说是第一种隔阂的另一面。人本来需要同情，路走得愈窄，得到同情的可能也就愈小。所见相同，所感才能相同。文艺所表现的固然有大部分是人人同见同感的，也有一部分是一般人所不常见到不常感到的。这一般人所不常见到不常感到的一部分往往是最有趣味的一部分。一个人在文艺方面天天向深刻微妙艰难处走，在实际生活方面，他就不免把他和他的邻人中间的墙壁筑得一天高厚似一天。说“今天天气好”，人人答应你“今天天气的确是好;”说“卡尔登今晚的片子有趣,”至少有一般爱看电影的人们和你同情。可是一阵清风吹来，你不能在你最亲爱的人的眼光里发见突然在你心中涌现的那一点灵感，你不能把莎斯比亚的佳妙处捧献你的母亲，你不能使你的妻子也觉得东墙角的一枝花影，比西墙角的一枝花影意味更加深永。这个世界原来是让大家闲谈“今天天气好”的世界，此外你比较得意的话只好留着说给你自己听。

我对于文艺的认识是不完全的，我已经承认过。从大诗人和大艺术家的传记和作品看，较深厚的修养似乎能打消这种隔阂。不过关于这一点，我只好自招愚昧。上面所说的一番话也不尽是酸辛语，我有时觉到这种酸辛或许就是一种甜密。我的用意尤其不在咒骂文艺。我应该感谢文艺的地方很多，尤其是它教我学会一种观世法。一般人常以为只有科学的训练才可以养成冷静的客观的头脑。拿自己的前前后后比较，我自觉现在很冷静，很客观。我也学过科学。但是我的冷静的客观的头脑不是从科学得来的，而是从文艺得来的。凡是不能持冷静的客观的态度的人，毛病都在把“我”看得太大。他们从“我”这一副着色的望远镜里看世界，一切事物于是都失去它们本来的面目。所谓冷静的客观的态度，就是丢开这副望远镜，让“我”跳到圈子以外，不当作世界里有“我”而去看世界；还是把“我”与类似“我”的一切东西同样看待。这是文艺的观世法，这也是我所学得的观世法。我现在常拿看画的方法看一片园林或一座房屋，拿看小说和戏剧的方法看一对男女讲恋爱或是两个老谋深算的人斗手腕。一般人常拿实际人生的态度去看戏，看到曹操奸滑，不觉义愤填胸，本来是台下的旁观者，却跃跃欲试地想跳到台上去，把演曹操的角色杀死。我的办法与此恰恰相反。我本是世界大舞台里的一个演员，却站在台下旁观喝采。遇着真正的曹操，我也只把他当作扮演曹操的角色看待，是非善恶都不成问题，嗔喜毁誉也大可不必，只觉得他有趣而已。我看自己也是如此，有时猛然发见自己在扮演小丑，也暗地里冷笑一阵。

有人骂这种态度“颓废”，“不严肃”。事关性分，我不愿置辩。不过我可以说，我所懂得的最高的严肃只有在超世观世时才经验到，我如果有时颓废，也是因为偶然间失去超世观世的胸襟而斤斤计较自己的利害得失。我不敢说它对于旁人怎样，这种超世观世的态度对于我却是一种救星。它帮助我忘去许多痛苦，容耐许多人所不能容耐的人和事，并且给过我许多生命力，使我勤勤恳恳地做人。

朋友们，我从文艺所得到的如此。各人的性格和经验不一样。我的话也许不能应用到诸位身上去，不过我所说的句句是体验过来的话，希望可以供诸位参考。

光潜四月二十五日

原载《中学生杂志》

谈趣味

拉丁文中有一句陈语说："谈到趣味无争辩。""文章千古事，得失寸心知，"不但作者对于自己的作品是如此，就是读者对于作者恐怕也没有旁的说法。如果一个人相信地球是方的或是泰山比一切的山都高，你可以和他争辩，可以用很精确的论证去说服他。但是如果他说《花月痕》比《浮生六记》高明，或是两汉以后无文章，你心里尽管不以他为然，口里最好不说，说也无从说起。遇到"自家人"，彼此相看一眼，心领神会就行了。

这番话显然带有一些印象派批评家的牙慧。事实上我们天天谈文学，在批评谁的作品好，谁的作品坏，文学上自然也有是非好丑，你欢喜坏的作品而不欢喜好的作品，这就显得你的趣味低下，还有什么话可说？这话谁也承认，但是难问题不在此，难问题在你以为丑而他以为美，或是你以为美而他以为丑时，你如何能使他相信你而不相信他自己呢？或者进一步说，你如何能相信你自己一定是对呢？你说文艺上自然有一个好丑的标准，这个标准又如何可以定出来呢？从前文学批评家们有些人以为要取决于多数。以为经过长久时间淘汰而仍巍然独存，为多数人所欣赏的作品总是好的。相信这话的人太多，我不敢公然地怀疑，但是在我们至好的朋友中，我不妨说句良心话：我们至多能活到一百岁，到什么时候才能知道 Marcel Proust 或 D. H. Lawrence 值不值得读一读呢？从前批评家们也有人，例如安诺德，以为最稳当的办法是拿古典名著做“试金石”，遇到新作品时，把它拿来在这块“试金石”上面擦一擦，硬度如果相仿佛，它一定是好的；如果擦了要脱皮，你就不用去理会它。但是这种办法究竟是把问题推远而并没有解决它，文学作品究竟不是石头，两篇相擦时，谁看见哪一篇“脱皮”呢？

“天下之口有同嗜”，——但是也有例外。文学批评之难就难在此。如果依正统派，我们便要抹煞例外；如果依印象派，我们便要抹煞“天下之口有同嗜。”关于文学的嗜好，“例外”也并不可一笔勾消。在 Keats 未死以前，嗜好他的诗的人是例外，在印象主义闹得很轰烈时，真正嗜好 Malarmé 的诗的人还是例外，我相信现在真正欢喜 T. S. Eliot 的人恐怕也得列在例外。这些“例外”的人常自居 elite 之列，而实际上他们也往往真是 elite。所谓“经过长久时间淘汰而仍巍然独存的”作品往往是先由这班“例外”的先生们捧出来的。

在正统派看，“天下之口有同嗜”一个公式之不可抹煞当更甚于“例外”之不可抹煞。他们总得喊要“标准”，喊要“普遍性”。他们自然也有正当道理。反正这场官司打不清，各个时代都有喊要标准的人，同时也都有信任主观嗜好的人。他们各有各的功劳，大家正用不着彼此瞧不起彼此。

文艺不一定只有一条路可走。东边的景致只有面朝东走的人可以看见，西边的景致也只有面朝西走的人可以看见。向东走者听到向西走者称赞西边景致时觉其夸张，同时怜惜他没有看到东边景致美。向西走者看待向东走者也是如此。这都是常有的事，我们不必大惊小怪。理想的游览风景者是向东边走过之后能再回头向西走一走，把东西两边的风味都领略到。这种人才配估定东西两边的优劣。也许他以为日落的景致和日出的景致各有胜境，根本不同，用不着去强分优劣。

一个人不能同时走两条路，出发时只有一条路可走。从事文艺的人入手不能不偏，不能不依傍门户，不能不先培养一种狠狭的趣味。初喝酒的人对于白酒红酒种种酒都同样地爱喝，他一定不识酒味。到了识酒味时他的嗜好一定偏狭，非是某一家某一年的酒不能使他喝得畅快。学文艺也是如此，没有尝过某一种 Clique 的训练和滋味的人总不免有些江湖气。我不知道会喝酒的人是否可以从非某一家某一年的酒不喝，进到只要是好酒都可以识出味道；但是我相信学文艺者应该能从非某家某派诗不读，做到只要是好诗都可领略到滋味的地步。这就是说，学文艺的人入手虽不能不偏，后来却要能不偏，能凭高俯视一切门户派别，看出偏的弊病。

文学本来一国有一国的特殊的趣味，一时有一时的特殊的风尚。就西方诗说，拉丁民族的诗有为日耳曼民族所不能欣赏的境界，日耳曼民族的诗也有为非拉丁民族所能欣赏的境界。寝馈于古典派作品既久者对于浪漫派作品往往格格不入；寝馈于象征派既久者亦觉其他作品都索然无味。中国诗的风尚也是随时代变迁。汉魏六朝唐宋各有各的派别，各有各的信徒。明人尊唐，清人尊宋，好高古者祖汉魏，喜妍艳者推重六朝和西昆。门户之见也往往很严。

但是门户之见可以范围初学而不足以羁縻大雅。读诗较广泛者常觉得自己的趣味时时在变迁中，久而久之，有如江湖游客，寻幽览胜，风雨晦明，川原海岳，各有妙境，吾人正不必以此所长，量彼所短，各派都有长短，取长弃短，才无偏蔽。古今的优劣实在不易下定评，古有古的趣味，今也有今的趣味。后人做不到“蒹葭苍苍”和“涉江采芙蓉”诸诗的境界，古人也做不到“空梁落燕泥”和“山山尽落晕”诸诗的境界。浑朴精妍原来是两种不同的趣味，我们不必强其同。

文艺上一时的风尚向来是靠不住的。在法国十七世纪新古典主义盛行时，十六世纪的诗被人指摘，体无完肤，到浪漫时代大家又觉得“七星派诗人”亦自有独到境界。在英国浪漫主义盛行时，学者都鄙视十七十八两世纪的诗；现在浪漫的潮流平息了，大家又觉得从前被人鄙视的作品，亦自有不可磨灭处。个人的趣味演进亦往往如此。涉猎愈广博，偏见愈减少，趣味亦愈纯正。从浪漫派脱胎者到能见出古典派的妙处时，专在唐宋做工夫者到能欣赏六朝人作品时，笃好苏辛词者到能领略温李的情韵时，才算打通了诗的一关。好浪漫派而止于浪漫派者，或是好苏辛而止于苏辛者，终不免坐井观天，诬天渺小。

趣味无可争辩，但是可以修养。文艺批评不可抹视主观的私人的趣味，但是始终拘执一家之言者的趣味不足为凭。文艺自有是非标准，但是这种标准不是古典，不是“耐久”和“普及”①，而是从极偏走到极不偏，能凭高俯视一切门户派别者的趣味；换句话说，文艺标准是修养出来的纯正的趣味。

（原载二十四年《益世报文学副刊》第一期）

---

① “耐久”不是可靠的标准，Richards 说得很透辟，参看 Principles of Criticism Chapter XXIX。如果读者愿看一段诙谐的文章，可以翻阅 Voltaire 的 Canide，Chap XXX. Procurante 谈荷马浮吉尔和密尔敦一般“耐久”作者的话都是我们心里所想说的，不过我们怕人讥笑，或是要自居能欣赏一般人所公认的伟大作品，不敢或不肯把老实话说出罢了。

谈读诗与趣味的培养

据我的教书经验来说，一般青年都欢喜听故事而不欢喜读诗。记得从前在中学里教英文，讲一篇小说时常有别班的学生来旁听；但是遇着讲诗时，旁听者总是瞟着机会逃出去。就出版界消息看，诗是一种滞销货。一部大致不差的小说就可以卖钱，印出来之后一年中可以再版三版。但是一部诗集尽管很好，要印行时须得诗人自己掏腰包作印刷费，过了多少年之后，藏书家如果要买它的第一版，也用不着费高价。

从此一点，我们可以看出现在一般青年对于文学的趣味还是很低。在欧洲各国，小说固然也比诗畅销，但是没有在中国的这样大的悬殊，并且有时诗的畅销更甚于小说。据去年的统计，法国最畅销的书是波德莱尔的《罪恶之花》。这是一部诗，而且并不是一部容易懂的诗。

一个人不欢喜诗，何以文学趣味就低下呢？因为一切纯文学都要有诗的特质。一部好小说或是一部好戏剧都要当作一首诗看。诗比别类文学较谨严，较纯粹，较精微。如果对于诗没有兴趣，对于小说戏剧散文等等的佳妙处也终不免有些隔膜。不爱好诗而爱好小说戏剧的人们大半在小说和戏剧中只能见到最粗浅的一部分，就是故事。所以他们看小说和戏剧，不问它们的艺术技巧，只求它们里面有有趣的故事。他们最爱读的小说不是描写内心生活或是社会真相的作品，而是《福尔摩斯侦探案》之类的东西。爱好故事本来不是一件坏事，但是如果要真能欣赏文学，我们一定要超过原始的童稚的好奇心，要超过对于《福尔摩斯侦探案》的爱好，去求艺术家对于人生的深刻的观照以及他们传达这种观照的技巧。第一流小说家不尽是会讲故事的人，第一流小说中的故事大半只像枯树搭成的花架，用处只在撑持住一园锦绣灿烂生气蓬勃的葛藤花卉。这些故事以外的东西就是小说中的诗。读小说只见到故事而没有见到它的诗，就像看到花架而忘记架上的花。要养成纯正的文学趣味，我们最好从读诗入手。能欣赏诗，自然能欣赏小说戏剧及其他种类文学。

如果只就故事说，陈鸿的《长恨歌传》未必不如白居易的《长恨歌》或洪昇的《长生殿》，元稹的《会真记》未必不如王实甫的《西厢记》，兰姆（Lamb）的《莎氏乐府本事》未必不如莎士比亚的剧本。但是就文学价值说,《长恨歌》,《西厢记》和莎士比亚的剧本都远非它们所根据的或脱胎的散文故事所可比拟。我们读诗,须在《长恨歌》,《西厢记》和莎士比亚的剧本之中寻出《长恨歌传》,《会真记》和《莎氏乐府本事》之中所寻不出来的东西。举一个很简单的例来说,比如贾岛的《寻隐者不遇》:

松下问童子,言师采药去。只在此山中,云深不知处。

或是崔颢的《长干行》:

君家何处住?妾住在横塘。停舟暂借问,或恐是同乡。

里面也都有故事,但是这两段故事多么简单平凡?两首诗之所以为诗,并不在这两个故事,而在故事后面的情趣,以及抓住这种简朴而隽永的情趣,用一种恰如题分的简朴而隽永的语言表现出来的艺术本领。这两段故事你和我都会说,这两首诗却非你和我所做得出,虽然从表面看起来,它们是那么容易。读诗就要从此种看来虽似容易而实在不容易做出的地方下工夫,就要学会了解此种地方的佳妙。对于这种佳妙的了解和爱好就是所谓

“趣味。”

各人的天资不同，有些人生来对于诗就感觉到趣味，有些人生来对于诗就丝毫不感觉到趣味，也有些人只对于某一种诗才感觉到趣味。但是趣味是可以培养的。真正的文学教育不在读过多少书和知道一些文学上的理论和史实，而在培养出纯正的趣味。这件事实在不很容易。培养趣味好比开疆辟土，须逐渐把本非我所有的变为我所有的。记得我第一次读外国诗，所读的是《古舟子咏》，简直不明白那位老船夫因射杀海鸟而受天谴的故事有什么好处，现在回想起来，这种蒙昧真是可笑，但是在当时我实在不觉到这诗有趣味。后来明白作者在意象音调和奇思幻想上所做的工夫，才觉得这真是一首可爱的杰作。这一点觉悟对于我便是一层进益，而我对于这首诗所觉到的趣味也就是我所征服的新领土。我学西方诗是从十九世纪浪漫派诗人入手，从前只觉得这派诗有趣味，讨厌前一个时期的假古典派的作品，不了解法国象征派和现代英国的诗；因为这些诗都和浪漫派诗不同。后来我多读一些象征派诗和现代英国诗，对它们逐渐感到趣味，又觉得我从前所爱好的浪漫派诗有好些毛病，对于它们的爱好不免淡薄了许多。我又回头看看假古典派的作品，逐渐明白作者的环境立场和用意，觉得它们也有不可抹煞处，对于它们的嫌恶也不免减少了许多。在这种变迁中我又征服了许多新领土，对于已得的领土也比从前认识较清楚。对于中国诗我也经过了同样的变迁。最初我由爱好唐诗而看轻宋诗，后来我又由爱好魏晋诗而看轻唐诗。现在觉得各朝诗都各有特点，我们不能以衡量魏晋诗的标准去衡量唐诗或宋诗。它们代表几种不同的趣味，我们不必强其同。

对于某一种诗，从不能欣赏到能欣赏，是一种新收获；从偏嗜到和他种诗参观互较而新加以公平的估价，是对于已征服的领土筑了一层更坚固的壁垒。学文学的人们的最坏的脾气是坐井观天，依傍一家门户，对于口胃不合的作品一概藐视。这种人不但是近视，在趣味方面不能有进展；就连他们自己所偏嗜的也很难真正地了解欣赏，因为他们缺乏比较资料和真确观照所应有的透视距离。文艺上的纯正的趣味必定是广博的趣味；不能同时欣赏许多派别诗的佳妙，就不能充分地真确地欣赏任何一派诗的佳妙。趣味很少生来就广博，好比开疆辟土，要不厌弃荒原瘠壤，一分一寸地逐渐向外伸张。

趣味是对于生命的澈悟和留恋，生命时时刻刻都在进展和创化，趣味也就要时时刻刻在进展和创化。水停蓄不流便腐化，趣味也是如此。从前私塾冬烘学究以为天下之美尽在八股文试帖诗《古文观止》和《了凡纲鉴》。他们对于这些乌烟瘴气何尝不津津有味？这算是文学的趣味么？习惯的势力之大往往不是我们所能想像的。我们每个人多少都有几分冬烘学究气，都把自己囿在习惯所画成的狭小圈套中，对于这个圈套以外的世界都视而不见，听而不闻。沉溺于风花雪月者以为只有风花雪月中才有诗，沉溺于爱情者以为只有爱情中才有诗，沉溺于阶级意识者以为只有阶级意识中才有诗。风花雪月本来都是好东西，可是这四字联在一起，引起多么俗滥的联想！联想到许多吟风弄月的滥调，多么令人作呕！“神圣的爱情”，“伟大的阶级意识”之类大概也有一天都归于风花雪月之列吧？这些东西本来是佳丽，是神圣，是伟大，一旦变成冬烘学究所赞叹的对象，就不免成了八股文和试帖诗。道理是很简单的。艺术和欣赏艺术的趣味都必有创造性，都必时时刻刻在开发新境界。如果让你的趣味囿在一个狭小圈套里，它无机会可创造开发，自然会僵死，会腐化。一种艺术变成僵死腐化的趣味的寄生之所，它怎能有进展开发？怎能不随之僵死腐化？

艺术和欣赏艺术的趣味都与滥调是死对头。但是每件东西都容易变成滥调，因为每件东西和你熟习之后，都容易在你的心理上养成习惯反应。像一切其他艺术一样，诗要说的话都必定是新鲜的。但是世间哪里有许多新鲜话可说？有些人因此替诗危惧，以为关于风花雪月，爱情，阶级意识等等的话或都已被人说完，或将有被人说完的一日，那一日恐怕就是诗的末日了。抱这种过虑的人们根本没有了解诗究竟是什么一回事。诗的疆土是开发不尽的，因为宇宙生命时时刻刻在变动进展中，这种变动进展的过程中每一时每一境都是个别的，新鲜的，有趣的。所谓“诗”并无深文奥义，它只是在人生世相中见出某一点特别新鲜有趣而把它描绘出来。这句话中“见”字最吃紧。特别新鲜有趣的东西本来在那里，我们不容易“见”着，因为我们的习惯蒙蔽住我们的眼睛。我们如果沉溺于风花雪月，就见不着阶级意识中的诗；我们如果沉溺于油盐柴米，也就见不着风花雪月中的诗。谁没有看见过在田里收获的农夫农妇？但是谁——除非是密勒 Millet，陶渊明，和华兹华司（Wordsworth）——在这中间见着新鲜有趣的诗？诗人的本领就在见出常人之所不能见，读诗的用处也就在随着诗人所指点的方向，见出我们所不能见；这就是说，觉到我们所素认为平凡的实在新鲜有趣。我们本来不觉得乡村生活中有诗，从读过陶渊明华兹华司诸人的作品之后，便觉得它有诗；我们本来不觉得城市生活和工商业文化之中有诗，从读过美国近代小说和俄国现代诗之后，便觉得它也有诗。莎士比亚教我们会在罪孽灾祸中见出庄严伟大，冉伯让（Rambrandt）和罗丹（Rodin）教我们会在丑陋中见出新奇。诗人和艺术家的眼睛是点铁成金的眼睛。生命生生不息，他们的发见也生生不息。如果生命有末日，诗才会有末日。到了生命的末日，我们自无容顾虑到诗是否还存在。但是有生命而无诗的人虽未到诗的末日，实在是早已到生命的末日了，那真是一件最可悲哀的事。“哀莫大于心死，”所谓“心死”就是对于人生世相失去解悟和留恋，就是对于诗无兴趣。读诗的功用不仅在销愁遣闷，不仅是替有闲阶级添一件奢侈；它在使人到处都可以觉到人生世相新鲜有趣，到处可以吸收维持生命和推展生命的活力。

诗是培养趣味的最好的媒介，能欣赏诗的人们不但对于其他种类文学可有真确的了解，而且也决不会觉到人生是一件干枯的东西。

（原载《中学生杂志》）

诗的隐与显

——关于王静安的《人间词话》的几点意见——

从前中国谈诗的人往往欢喜拈出一两个字来做出发点，比如严沧浪所说的“兴趣”，王渔洋所说的“神韵”，以及近来王静安所说的“境界”，都是显著的例。这种办法确实有许多方便，不过它的毛病在笼统。我以为诗的要素有三种：就骨子里说，它要表现一种情趣；就表面说，它有意象，有声音。我们可以说，诗以情趣为主，情趣见于声音，寓于意象。这三个要素本来息息相关，拆不开来的；但是为正名析理的方便，我们不妨把它们分开来说。诗的声音问题牵涉太广，因为篇幅的限制，我把它丢开，现在专谈情趣和意象的关系。

近二三十年来中国学者关于文学批评的著作，就我个人所读过的来说，似以王静安先生的《人间词话》为最精到。比如他所说的诗词中“隔”与“不隔”的分别是从前人所未道破的。我现在就拿这个分别做讨论“诗的情趣和意象”的出发点。

王先生说：——

问隔与不隔之别。曰，陶谢之诗不隔，延年则稍隔矣；东坡之诗不隔，山谷则稍隔矣。“池塘生春草”，“空梁落燕泥”等二句妙处唯在不隔。词亦如是。即以一人一词论，如欧阳公《少年游》咏春草上半阕云：“阑干十二独凭春，晴碧远连云，二月三月，千里万里，行色苦愁人”，语语都在目前，便是不隔，至云“谢家池上，江淹浦畔”，则隔矣。（《人间词话》十八至十九页）

王先生不满意于姜白石，说他“格韵虽高，然如雾里看花，终隔一层”。在这些实例中王先生只指出隔与不隔的分别，却没有详细说明他的理由，对于初学似有不方便处。依我看来，隔与不隔的分别就从情趣和意象的关系中见出。诗和一切其他艺术一样，须寓新颖的情趣于具体的意象。情趣与意象恰相熨贴，使人见到意象便感到情趣，便是不隔。意象含糊或空洞，情趣浅薄，不能在读者心中产生明了深刻的印象便是隔。比如“谢家池上”是用“池塘生春草”的典，“江淹浦畔”是用《别赋》“春草碧色，春水绿波，送君南浦，伤如之何？”的典。谢诗江赋原来都不隔，何以入欧词便隔呢？因为

“池塘生春草”和“春草碧色”数句都是很具体的意象，都有很新颖的情趣。欧词因春草的联想而把它们拉来硬凑成典故，“谢家池上，江淹浦畔”意象既不明了，情趣又不真切，所以“隔”。

王先生论隔与不隔的分别，说隔“如雾里看花”，不隔为“语语都在目前”，也嫌不很妥当，因为诗原来有“显”和“隐”的分别，王先生的话太偏重“显”了。“显”与“隐”的功用不同，我们不能要一切诗都“显”。说赅括一点，写景的诗要“显”，言情的诗却要“隐”。梅圣俞说诗“状难写之景如在目前，含不尽之意见于言外”，就是看到写景宜显写情宜隐的道理。写景不宜隐，隐易流于晦；写情不宜显，显易流于浅。谢眺的“余霞散成绮，澄江静如练”，杜甫的“细雨鱼儿出，微风燕子斜”，以及林逋的“疏影横斜水清浅，暗香浮动月黄昏”诸诗在写景中为杰作，妙处正在能“显”，如梅圣俞所说的“状难写之景如在目前”。秦少游的《水龙吟》首二句“小楼连苑横空，下窥绣毂雕鞍骤”，苏东坡讥诮他说，“十三个字只说得一个人骑马楼前过”。它的毛病也就在不显。言情的杰作如古诗：“步出城东门，遥望江南路，前日风雪中，故人从此去”，“河汉清且浅，相去复几许？盈盈一水间，脉脉不得语”！李白的“玉阶生白露，夜久侵罗袜，却下水晶帘，玲珑望秋月”以及晏几道的“昨夜西风凋碧树，独上高楼，望尽天涯路”诸诗妙处亦正在“隐”，如梅圣俞所说的，“含不尽之意，见于言外”。深情都必缠绵委婉，显易流于露，露则浅而易尽。温庭筠的《忆江南》：

梳洗罢，独倚望江楼，过尽千帆皆不是，斜晖脉脉水悠悠。肠断白蘋洲。

在言情诗中本为妙品，但是收语就微近于“显”，如果把“肠断白蘋洲”五字删去，意味更觉无穷。他的《瑶瑟怨》的境界与此词略同，却没有这种毛病：——

冰簟银床梦不成，碧天如水夜云轻，雁声远过潇湘去，十二楼中月自明。

我们细味二诗的分别，便可见出“隐”的道理了。王渔洋常取司空图的“不着一字，尽得风流”和严羽的“羚羊挂角，无迹可寻”四语为“诗学三昧”。这四句话都是“隐”字的最好的注脚。

懂得诗的“显”与“隐”的分别，我们就可以懂得王静安先生所看出来的另一个分别，这就是“有我之境”与“无我之境”的分别。他说：

有有我之境，有无我之境。“泪眼问花花不语，乱红飞过秋千去”，“可堪孤馆闭春寒，杜鹃声里斜阳暮”，有我之境也；“采菊东篱下，悠然见南山”；“寒波澹澹起，白鸟悠悠下”，无我之境也。有我之境，以我观物，故物皆著我之色彩；无我之境，以物观物，故不知何者为我，何者为物。

王先生在这里所指出的分别实在是一个很精微的分别，不过从近代美学观点看，他所用的名词有些欠妥。他所谓“以我观物，故物皆著我之色彩”，就是近代美学所谓“移情作用”。“移情作用”的发生是由于我在凝神观照事物时，霎时间由物我两忘而至物我同一，于是以在我的情趣移注于物：换句话说，移情作用就是“死物的生命化”，或是“无情事物的有情化”。这种现象在注意力专注到物我两忘时才发生，从此可知王先生所说的“有我之境”实在是“无我之境”。他的“无我之境”的实例为“采菊东篱下，悠然见南山”，“寒波澹澹起，白鸟悠悠下”，都是诗人在冷静中所回味出来的妙境，都没有经过移情作用，所以其实都是“有我之境”。我以为与其说“有我之境”和“无我之境”，不如说“超物之境”和“同物之境”。“感时花溅泪，恨别鸟惊心”，“徘徊花上月，虚度可怜宵”，“数峰清苦，商略黄昏雨”，都是同物之境。“鸢飞戾天，鱼跃于渊”，“微雨从东来，好风与之俱”，“兴阑啼鸟散，坐久落花多”，都是超物之境。

王先生以为“有我之境”（其实是“无我之境”，即“同物之境”）比“无我之境”（其实是“有我之境”，即“超物之境”）品格较低，但是没有说出理由来。我以为“超物之境”所以高于“同物之境”者就由于“超物之境”隐而深，“同物之境”显而浅。在“同物之境”中物我两忘，我设身于物而分享其生命，人情和物理相渗透而我不觉其渗透。在“超物之境”中，物我对峙，人情和物理卒然相遇，默然相契，骨子里它们虽是欣合，而表面上却仍是两回事。在“同物之境”中作者说出物理中所寓的人情，在“超物之境”中作者不言情而情自见。“同物之境”有人巧，“超物之境”见天机。要懂得这个道理，我们最好比较下面三个实例看：——

一，水似眼波横，山似眉峰聚。

二，数峰清苦，商略黄昏雨。

三，采菊东篱下，悠然见南山。山气日夕佳，飞鸟相与还。

第一例是修词学中的一种显喻（simile），第二例是隐喻（metaphor），二者隐显不同，深浅自见。第二例又较第三例为显，前者是“同物之境”，后者便是“超物之境”，一尖新，一混厚，品格高低也很易辨出。

显与隐的分别还可以从另一个观点来说，西方人曾经说过："艺术最大的秘诀就是隐藏艺术"。有艺术而不叫人看出艺术的痕迹来，有才气而不叫人看出才气来，这也可以说是"隐"。这种"隐"在诗极为重要。诗的最大目的在抒情不在逞才。诗以抒情为主，情寓于象，宜于恰到好处为止。情不足而济之以才，才多露一分便是情多假一分。做诗与其失之才胜于情，不如失之情胜于才。情胜于才的仍不失其为诗人之诗，才胜于情的往往流于雄辨。穆勒说过："诗和雄辨都是情感的流露而却有分别。雄辨是'让人听到的'（heard），诗是'无意间被人听到的'（overheard）。"我们可以说，雄辨意在"炫"，诗虽有意于"传"而却最忌"炫"。"炫"就是露才，就是不能"隐"。我们可以举一个例来说明这个分别。秦少游《踏莎行》中"郴江幸自绕郴山，为谁流下潇湘去"二语最为苏东坡所赏识，王静安在《人间词话》里却说：——

> 少游词境最为凄惋，至"可堪孤馆闭春寒，杜鹃声里斜阳暮"，则变而为凄厉矣。东坡赏其后二语，犹为皮相。

专就这一首词说，王的趣味似高于苏，但是他的理由却不十分充足。"可堪孤馆闭春寒"二句胜于"郴江幸自绕郴山"二句，不仅因为它"凄厉"，而尤在它能以情御才而才不露。“郴江”二句虽亦具深情，究不免有露才之玷。“前日风雪中，故人从此去”，“平畴交远风，良苗亦怀新”，“但屈指西风几时来，又不道流年暗中偷换”，都是不露才之语；“树摇幽鸟梦”，“桃花乱落如红雨”，“大江东去，浪淘尽千古风流人物”，都是露才之语。这种分别虽甚微而却极重要。以诗而论，李白不如杜甫，杜甫不如陶潜；以词而论，辛弃疾不如苏轼，苏轼不如李后主，分别全在露才的等差。中国诗愈到近代，味愈薄，趣愈偏，亦正由于情愈浅，才愈露。诗的极境在兼有平易和精炼之胜。陶潜的诗表面虽然平易而骨子里却极精炼，所以最为上乘。白居易止于平易，李长吉姜白石都止于精炼，都不免较逊一筹。

诗的“隐”与“显”的分别在谐趣中尤能见出。诗人的本领在能于哀怨中见出欢娱。在哀怨中见出欢娱有两种，一是豁达，一是滑稽。豁达者澈悟人生世相，觉忧患欢乐都属无常，物不能羁縻我而我则能超然于物，这种“我”的醒觉便是欢娱所自来。滑稽者见到事物的乖讹，只一味持儿戏态度，谑浪笑傲以取乐。豁达者虽超世而却不忘情于淑世，滑稽者则由厌世而玩世。陶潜杜甫是豁达者，东方朔刘伶是滑稽者，阮藉嵇康李白则介乎二者之间。豁达者和滑稽者都能诙谐，但是却有分别。豁达者的诙谐是从悲剧中看透人生世相的结果，往往沈痛深刻，直入人心深处。滑稽者的诙谐起于喜剧中的乖讹，只能取悦浮浅的理智，乍听可惊喜，玩之无余味。豁达者的诙谐之中有严肃，往往极沈痛之致，使人卒然见到，不知是笑好还是哭好，例如古诗：——

何不策高足，先据要路津？无为守穷贱，轗轲长苦辛！

看来虽似作随俗浮沈的计算而其实是愤世嫉俗之谈。表面虽似诙谐而骨子里却极沈痛。陶潜《责子》诗末二句：

天运苟如此，且进杯中物！

和《挽歌辞》末二句：

但恨在世时，饮酒不得足！

都应该作如是观。滑稽者的诙谐往往表现于打油诗和其他的文字游戏，例如《论语》嘲笑苛捐杂税的话：

自古未闻粪有税，如今只剩屁无捐。

和王壬秋嘲笑时事的对联：

男女平权，公说公有理，婆说婆有理，

阳阴合历，你过你的年，我过我的年。

乍看来都会使你发笑，使你高兴一阵，但是决不能打动你的情感，决不能使你感发兴起。

诗最不易谐。如果没有至性深情，谐最易流于轻薄。古诗《焦仲卿妻》叙夫妻别离时的誓约说：

君当作磐石，妾当作蒲苇，蒲苇纫如丝，磐石无转移。

后来焦仲卿听到兰英被迫改嫁的消息，便引用这个比喻来讽刺她：

府君谓新妇，贺君得高迁！磐石方且厚，可以卒千年；蒲苇一时纫，便作旦夕间。

这种诙谐已近于轻薄，因为生离死别不是深于情者所能用讽刺的时候；但是它没有落入轻薄，因为它骨子里是沈痛语。同是谐趣，或为诗的极境，或简直不成诗，分别就在隐与显。“隐”为谐趣之中寓有沈痛严肃，“显”者一语道破，了无余味，“打油诗”多属于此类。

陶潜和杜甫都是诗人中达到谐趣的胜境者。陶深于杜，他的谐趣都起于沈痛后的豁达。杜诗的谐趣有三种境界，一种为《茅屋为西风所破》和《示从孙济》所代表的境界，豁达近于陶而沈痛不及。一种为《北征》（“平生所娇儿”段）和《羌村》所代表的境界，是欣慰时的诙谐。一种为《饮中八仙歌》所代表的境界，颇类似滑稽者的诙谐。唐人除杜甫以外，韩愈也颇以谐趣著闻。但是他的谐趣中滑稽者的成分居多。滑稽者的诙谐常见于文字的游戏。韩愈做诗好用拗字险韵怪句，和他作《送穷文》，《进学解》，《毛颖传》一样，多少要以文字为游戏，多少要在文字上逞才气。例如他的赠刘师服：

羡君齿牙牢且洁，大肉硬饼如刀截。我今呀豁落者多，所存十余皆兀龍。匙钞烂饭稳送之，合口软嚼如牛呞。妻儿恐我生怅望，盘中不饤栗与梨。

就颇近于打油诗了。这种情境一两句笑话就可以说尽，本无做诗的必要，而他偏要做，不过觉得戏弄文字是一件趣事罢了。

宋人的谐趣大半学韩愈和《饮中八仙歌》所代表的杜甫。他们缺乏至性深情，所以沈痛的诙谐最少见，而常见的诙谐大半是文字的游戏。苏轼是宋人最好的代表。他做诗好和韵，做词好用回文体，仍是带有韩愈用拗字险韵的癖性。他的赞美黄州猪肉的诗也可以和韩愈的

“大肉硬饼如刀截”先后媲美。我们姑且选一首比较著名的诗来看着宋人的谐趣：

东坡先生无一钱，十年家火烧凡铅。黄金可成河可塞，只有霜须无由玄。龙邱居士亦可怜，谈空说有夜不眠。忽闻河东狮子吼，拄丈落手心茫然（苏轼《寄吴德仁兼简陈季常》诗首八句）。

这首诗的神貌都极似《饮中八仙歌》，其中谐趣出于滑稽者多，它没有落到打油诗的轻薄，全赖有几分豁达的风味来补救。它在诗中究非上乘，比较“何不策高足”，《责子》《挽歌辞》以及《北征》诸诗就不免缺乏严肃沈痛之致了。

（原载《人间世》第一期）

诗的主观与客观

诗是情趣的流露，但是情趣不必尽能流露于诗。一般人都时或感到狠强烈的乃至于狠微妙的情趣，以为这就是“诗意，”所以往往有自己是诗人的幻觉。他们常抱怨自己没有文学训练，以至于叫胸中许多“诗意”都埋没去了。意大利美学家克罗齐曾替他们取过“哑口诗人”的诨号。其实诗人没有哑口的，没有到开口时，就还不成为诗人。诗和“诗意”是两回事，诗一定要有作品，一定要把“诗意”外射于具体的形相，叫旁人看得见。

有情趣何以往往不能流露于诗呢？诗的情趣并不是生糙自然的情趣，它必定经过一番冷静的观照和熔化洗炼的工夫。一般人和诗人同样感受情趣，但是有一个重要的分别。一般人感受情趣时便为情趣所羁縻，当其忧喜，若不自胜，忧喜既过，便不复在想像中留一种余波返照。诗人感受情趣尽管比一般人更热烈，却能跳开所感受的情趣，站在旁边来狠冷静地把它当作意象来观赏玩索。英国诗人华兹华司（Wordsworth）常自道经验说："诗起于沉静中所回味得来的情绪"，这是一句至理名言。感受情趣而能在沉静中回味，就是诗人的特殊本领。一般人的情绪好比雨后行潦，夹杂污泥朽木奔泻，来势浩荡，去无踪影。诗人的情趣好比冬潭积水，渣滓沉淀净尽，清莹澄澈，天光云影，灿然耀目。这种水是渗沥过来的，"沉静中的回味"便是它的渗沥手续，灵心妙悟便是渗沥器。

在感受时，悲欢怨爱，两两相反；在回味时，欢爱固然可欣，悲怨亦复有趣。从感受到回味，是由实际世界跳到意象世界，从实用态度变为美感态度。在实用世界中处处都是牵绊冲突，可喜者引起营求，可悲者引起畏避；在意象世界中尘忧俗虑都洗濯净尽，可喜者我无须营求，可悲者我亦无须畏避，所以相冲突者可以各得其所，相安无碍。情趣尽管有千差万别，它们对于诗人却同是欣赏的对象。懂得这个道理，我们可以明白孔子称赞《关雎》何以特重其"乐而不淫，哀而不伤"。懂得这个道理，我们也可以明白古希腊人何以把和平静穆看成诗的极境，把诗神亚波罗摆在山巅，俯瞰众生扰攘，而眉宇间却常如作甜密梦，不露一丝被扰动的神色。（至少希腊雕刻中所表现的亚波罗是如此）。

诗的情趣都从沉静中回味得来。感受情趣是能入，回味情趣是能出。诗人对于情趣都要能入能出。单就能入说，他是主观的；单就能出说，他是客观的，能入而不能出，或能出而不能入，都不能成为大诗人，所以“主观的”和“客观的”是一个村俗的分别。班婕妤的《怨歌行》，蔡琰的《悲愤诗》，李后主的《相见欢》，杜甫的《奉先咏怀》和《北征》，都是痛定思痛，入而能出，是主观的也是客观的。陶渊明的《闲情赋》，李白的《长干行》，杜甫的《石壕吏》和《无家别》，韦庄的《秦妇吟》都是体物入微，出而能入，是客观的也是主观的。

十九世纪中法国诗坛上曾经发生过一次狠大的争执，就是“巴腊司”派对于浪漫主义的反动。在浪漫派看，诗本是抒情的，而情感全是切己的，诗人只要把自己的悲欢怨爱赤裸裸地写出来，就算尽了职责，“巴腊司”派诗人嫌这种主观的描写太偏于唯我主义，不免使诗变成个人怪癖的表现。他们要换过花样来，采取所谓“不动情感主义”，专站在客观的地位描写恬静幽美的意象，使诗变成和雕刻一样冷静明晰（在散文方面这个反动就是写实主义）。从这种争执发生之后，德国哲学家们所铸造的“主观的”和“客观的”一个分别便被浅人硬拉到文学上面来，一般人于是以为文学原有“主观的”和“客观的”两种。“主观的”信任自己情感，描写自己的经验，“客观的”则把“我”丢开，持冷静的科学态度去观察人情世相。中国近来也有人常拿这些名词摆在口头。其实“主观的”和“客观的”虽各有所偏向，在实际上并不冲突。诗的情趣都须从沉静中回味得来，所以主观的作品都必同时是客观的。诗也可以描写旁人的情趣，但诗人要了解旁人的情趣，必预设身处地，才能体物入微，所以客观的亦必同时是主观的。老子说：“故常无欲以观其妙，有欲以观其徼”。无欲以观其妙，便是所谓“客观的”“不动情感主义”，有欲以观其徼，便是所谓“主观的”。真正大诗人都要同时具有这两种本领。

（原载《人间世》第十五期）

从生理学观点谈诗的“气势”与“神韵”

现代英国诗人浩司曼（A. E. Housman）在剑桥大学讲“诗的意义与性质”，说诗对于人的影响大半是生理的。我从前初读到这句话时，不免起几分反感，因为我想诗是一种玄妙神秘境界，拿这样散文化的“唯物观”去看它，实在是太杀风景。这种偏见似乎是很普遍的，一般人对于用科学方法分析诗，似乎都有些嫌恶。但是这究竟是一种偏见。这一年来我费了一些工夫用散文化的“唯物观”去看诗，觉得这种看法还是行得通，现在姑以“气势”“神韵”为例来说明这种看法。

诗和其它艺术一样，是情趣的意象化。情趣最直接的表现是循环呼吸消化运动诸器官的生理变化，这些变化在心理学实验室中可以用种种器具很精确地测量出来。我们做诗或读诗时，虽不必很明鲜地意识到生理的变化，但是它们影响到全部心境，是无可疑的。就形式方面说，诗的命脉是节奏，节奏就是情感所伴的生理变化的痕迹。人体中呼吸循环种种生理机能都是起伏循环，顺着一种自然节奏。以耳目诸感官接触外物时，如果所需要的心力，起伏张弛都合乎生理的自然节奏，我们就觉得愉快。通常艺术家所说的“和谐”“匀称”诸美点其实都起于生理的自然需要。比如两个高低相差很远的音，彼此的关系本来只可以用数量比例表出，无所谓和谐不和谐；它们不和谐，只是因为和听觉的自然需要不适合，使我们听了不爽快。音乐和诗歌的节奏原来都是生理构造的自然需要。比如我们听京戏或鼓书，如果唱者的艺术完善，我们便觉得每字音的长短高低急徐都恰到好处，不能多一分也不能少一分。如果某句落去一板，或是某板高一点或低一点，我们全身筋肉就猛然受一种不愉快的震撼。我们听音乐歌唱时常用手脚“打板”，其实全身筋肉都在“打板”。听见的音调与筋肉所打的板眼不合，我们便立刻觉得那个声音是“拗”的。诗的谐与拗也是如此辨别出来的。比如杜甫的“弃我去者昨日之日不可留，乱我心者今日之日多烦忧”两句诗，如果把后句改为“今日之日多忧”或“今日之日多烦恼”意义虽无甚更动，却立觉“不顺口”。所谓“不顺口”就是“拗”，就是不适合生理的自然需要。

我们读诗时，在受诗的情趣浸润之先，往往已直接地受音调节奏的影响。音调节奏便是传染情趣的媒介。

例如李白的《蜀道难》首句“噫！吁嚱！危乎！高哉！蜀道之难，难于上青天！”和杜甫的“即从巴峡穿巫峡，便下襄阳向洛阳”两句相比，一个沉重，一个轻快，在音调节奏上已暗示两种不同的心境。这个异点直接地影响到呼吸循环及发音器官，间接地影响到全体筋肉。大约情感有悲喜两极端，悲时生理变化倾向抑郁，喜时生理变化倾向发扬。这两极端之中纯杂深浅的程度自然有许多差别。诗人做诗时由情感而起生理变化；我们读诗时则由节奏音调所暗示的生理变化而受情感的浸润。

情感虽变化无方，它的生理反应如筋肉的张弛，呼吸循环的急缓却有一些固定的模样（Patterns），同时，语言的音调也有一定的限制。因为这两种缘故，节奏虽本来是自然的，不免也形成一些有限制的固定的模样或形式，如中国旧诗的音律即其一例。这种形式既用成习惯之后，我们一见到某种形式，心中就存一种预期（Expectation）。比如见到第一联用五言平韵，心中就预期以后还是如此。如果以后音调恰如预期，就发生一种快感，否则就不免失望。这自然只就常例而言，并非说诗的音律不能有变化。我们在上文说听音乐歌唱时用全体筋肉去“打板”，打板就是筋肉的预期。

以上只说节奏与生理变化的关系。诗文所生的生理变化并不限于节奏，模仿运动也是一种重要的生理变化。就模仿运动说，诗文所写情境可粗分“戏剧的”和“图书的”两类。戏剧的情境是动的，易起模仿运动；图画的情境是静的，不易起模仿运动。我们姑举两段散文例来说明：

轲既取图奏之，秦王发图，图穷而匕首见，因左手把秦王之袖，而右手持匕首揕之。未至身，秦王惊，自引而起，袖绝拔剑，剑长，操其室。时惶急，剑坚，故不可立拔。荆轲逐秦王，秦王环柱而走。群臣皆愕，卒起不意，尽失其度。（史记刺客列传）

林尽水源，便得一山。山有小口，仿佛若有光。便舍船从口入。初极狭，才通人，复行数十步，豁然开朗，土地平旷，屋舍俨然，有良田美池桑竹之属，阡陌交通，鸡犬相闻。其中往来种作，男女衣著，悉如外人。黄发垂髫并怡然自乐。（陶潜桃花源记）

看第一例文如看戏，情节生动，不仅唤起很明显的视觉意象，还激动许多筋肉运动感觉。例如读到“左手把秦王之袖，而右手持匕首揕之”，仿佛自己也要作“把”“持”“揕”等等动作，全身筋肉便不由自主地紧张起来。读第二例文如看画，眼前只是一幅新鲜幽美的景致，我们几乎可以完全用眼睛去领略；它不着重动作，所以不易引起筋肉运动感觉。

就大概说，诗文的叙述体偏重动作，易起运动意象；

描写体偏重状态，易引起视觉意象。欣赏动作的叙述必须用筋肉，欣赏状态的描写可以只用眼睛。不过最好的描写体诗文往往化静为动。例如“塔势如涌出，孤高耸天宫”，“鬓云欲度香腮雪”，“千树压西湖寒碧”，“两山排闼送青来”诸句本都是状物，却变成叙事。据德国诗人莱森（Lessing）说，描写静态宜用图画，叙述动作宜用诗文，因为形态在空间上相联结，图画以形色为媒介，本是在空间上相联结的；动作在时间上相承续，诗文以文字声音为媒介，本是在时间上相承续的。图画不宜叙述，以图画叙述时必化动为静；诗文不易描写，以诗文描写时亦必化静为动。我们在这里举一个中文诗实例，说明化静为动的描写，较胜于静态的描写，《诗经·卫风》里有这样一章描写美人的诗：

手如柔荑，肤如凝脂，领如蝤蛴，齿如瓠犀，螓首蛾眉。巧笑倩兮，美目盼兮。

这章诗前五句好像开流水账，呆板平凡已极。它费了许多工夫，却没有把美人的美渲染出来。但是到了六七两句，它便生动起来。“巧笑倩兮，美目盼兮”寥寥八字把一个美人的姿态神韵一齐托出。这种分别就在前五句只描写静态，后二句则化静为动，以叙述代描写。凡是欣赏化静为动的描写体诗文，我们也不免起筋肉运动。比如要尽量地欣赏上例诗后二句，我们多少要用筋肉去领略“笑”和“盼”的滋味。据心理学的实验，人本来有运动类（Motor Type）和知觉类（Sensorial Type）两种。知觉类的人欣赏艺术大半用耳目两种器官，运动类的人才着重筋肉。所以读诗文是否起模仿运动感觉，也不可一概论。不过纯粹的知觉类的人们对于韩愈的“攀跻分寸不可上，失势一落千丈强”和纳兰成德的“星影摇摇欲坠”之类的诗恐怕有些隔膜。

运动有时为模仿，有时为适应。适应运动如仰视侧听之类，目的在以身体牵就所知觉物，使知觉愈加明了，不必与意象所表现的动作相同。以感官接触外物时都要起适应动作，所以外物虽无动作可模仿时，我们欣赏它，仍须起种种生理变化。例如李白的“西风残照，汉家陵阙，”贺铸的“一川烟草，满城风絮，梅子黄时雨，”和林逋的“疏影横斜水清浅，暗香浮动月黄昏”诸句，除“暗香浮动”外都没有表示任何动作，都只托出几个静止的意象。但是它们所生的生理影响却彼此不同。这种不同固然有一半因为情趣的分别，也有一半因为所引起的适应动作不同。读“西风残照，汉家陵阙，”我们觉得气象伟大，似乎要抬起头，耸起肩膀，张开胸膛，暂时停住呼息去领略它。读“一川烟草，满城风絮，梅子黄时雨”，我们觉得情景凄迷，似乎要眯着眼睛，用手掌着下腮，打一点寒颤去领略它。读“疏影横斜水清浅，暗香浮动月黄昏，”我们觉得神韵清幽，似乎要轻步徘徊，仰视俯瞩，处处都觉得狠闲适。这都是适应动作的分别。这几例诗句读法也不能一致。读第一例李白句须有豪士气概，须放高长而沉着的声音去朗诵，微吟不得。读第二例贺铸句须有名士风流的情致，须用不高不低的声音去慢吟。读第三例诗须有隐逸闺秀的风度，须若有意若无意地用似听得见似听不见的声音去微吟，高歌不得。这些不同的声调和语气也影响到生理变化。

统观以上，诗所引起生理变化不外三种，一属于节奏，二属于模仿运动，三属于适应运动。从前人喜用“气势”“神韵”之类字样批评诗文。明清两代李梦阳和王渔洋两派诗人以“格调”和“神韵”两说争短长。所谓“格调”仍是偏重“气势”（此非本文所能详，以李梦阳何景明诸人的诗比较王渔洋的诗，便易明白）。究竟“气势”“神韵”是什么一回事呢？概括地说，这种分别就是动与静，康德所说的雄伟与秀美，尼采所说的达阿尼苏司艺术与亚波罗艺术，莱森所说的“戏剧的”与“图画的”，以及姚姬传所说的阳刚与阴柔的分别。从科学观点说，这种分别即起于上文所说的三种生理变化。生理变化愈显著愈多愈速，我们愈觉得紧张亢奋激昂；生理变化愈不显著，愈少愈缓，我们愈觉得松懈静穆闲适。前者易生“气势”感觉，后者易生“神韵”感觉。“气势”两字较适用于“西风残照，汉家陵阙，”

"荡胸生层云，决眦入归鸟，"《刺客传》之类的作品。"神韵"二字较适用于"落花人独立，微雨燕双飞"，"一川烟草，满城风絮，梅子黄时雨"，"疏影横斜水清浅，暗香浮动月黄昏"《桃花源记》之类的作品。我们细玩这些实例，便可明白这种分别大半起于生理变化。

（原载《大公报文艺副刊》）

悲剧与人生的距离

莎斯比亚说得好：世界只是一座舞台，生命只是一个可怜的戏角。但从另一意义说，这种比拟却有不精当处。世界尽管是舞台，舞台却不能是世界。倘若堕楼的是你自己的绿珠，无辜受祸的是你自己的伊菲儿丽，你会心寒胆裂。但是她们站在舞台时，你却袖手旁观，眉飞色舞。纵然你也偶一洒同情之泪，骨子里你却觉得开心。有些哲学家说这是人类恶根性的暴露，把“幸灾乐祸”的大罪名加在你的头上。这自然是冤枉，其实你和剧中人物有何仇何恨？

看戏和做人究竟有些不同。杀曹操泄义愤，或是替罗米阿与朱里叶传情书，就做人说，自是一种功德；就看戏说，似未免近于傻瓜。

悲剧是一回事，可怕的凶灾险恶又另是一回事。悲剧中有人生，人生中不必有悲剧。我们的世界中有的是凶灾险恶，但是说这种凶灾险恶是悲剧，只是在修词用比譬。悲剧所描写的固然也不外凶灾险恶，但是悲剧的凶灾险恶是在艺术锅炉中蒸溜过来的。

像一切艺术一样，戏剧要有几分近情理，也要有几分不近情理。它要有几分近情理，否则它和人生没有接触点，兴味索然；它也要有几分不近情理，否则你会把舞台真正看成世界，看奥瑟罗回想到你自己的妻子，或者老实递消息给司马懿：说诸葛亮是在演空城计！

“软玉温香抱满怀，春至人间花弄色，露滴牡丹开”，淫词也，而读者在兴酣采烈之际忘其为淫，正因在实际人生中谈男女间事，话不会说得那样漂亮。伊底泼司弑父娶母，奥色罗听谗杀妻，悲剧也，而读者在兴酣采烈之际亦忘其为悲，正因在实际人生中天公并未曾濡染大笔，把痛心事描绘成那样惊心动魄的图画。

悲剧和人生之中自有一种不可跨越的距离，你走进舞台，你便须暂时丢开世界。

悲剧都有些古色古香。希腊悲剧流传于人间的几十部之中只有《波斯人》一部是写当时史实，其余都是写人和神还没有分家时的老故事老传说。莎斯比亚并不醉心古典，在这一点他却近于守旧。他的悲剧事迹也大半是代远年淹的。十七世纪法国悲剧也是如此。腊辛在《巴加遮》（Bajazet）序文里说，“说老实话，如果剧情在哪一国发生，剧本就在那一国表演，我不劝作家拿这样近代的事迹做悲剧。”他自己用近代的“巴加遮”事迹，因为它发生在土耳其，“国度的辽远可以稍稍补救时间的邻近。”莎斯比亚也很明白这个道理。《奥色罗》的事迹比较晚。他于是把它的场合摆在意大利，用一个来历不明的黑面将军做主角。这是以空间的远救时间的近。他回到本乡本土搜材料时，他心焉向往的是李尔王，马克白一些传说上的人物。这是以时间的远救空间的近。你如果不相信这个道理，让孔明脱去他的八卦衣，丢开他的羽扇，穿西装衔雪茄烟登场！

悲剧和平凡是不相容的，而在实际上不平凡就失人生世相的真面目。所谓“主角”同时都有几分“英雄气”。普罗密修司，哈孟列德乃至于无恶不作的埃及皇后克里阿拍屈拉都不是你我们凡人所能望其项背的。你我们凡人没有他们的伟大魄力，却也没有他们的那副傻劲儿。许多悲剧情境移到我们日常世界中来，都会被妥协酿成一个平凡收场，不至引起掀然大波。如果你我是伊底泼司，要逃弑父娶母的预言，索性不杀人，独身到老，便什么祸事也没有。如果你我是哈孟列德，逞义气，就痛痛快快把仇人杀死，不逞义气，便低首下心称他做父亲，多么干脆！悲剧的产生就由于不平常人睁着大眼睛向我们平常人所易避免的灾祸里闯。悲剧的世界和我们是隔着一层的。

这种另一世界的感觉往往因神秘色彩而更加浓厚。悲剧压根儿就是一个不可解的谜语，如果能拿理性去解释它的来因去果，便失其为悲剧了。善有善报，恶有恶报，是人类的普遍希望，而事实往往不如人所期望，不能尤人，于是怨天，说一切都是命运。悲剧是不虔敬的，它隐约指示冥冥之中有一个捣乱鬼，但是这个捣乱鬼的面目究竟如何，它却不让我们知道，本来它也无法让我们知道。看悲剧要带几分童心，要带几分原始人的观世法。狼在街上走，枭在白天里叫，人在空中飞，父杀子，女驱父，朴劳司普洛呼风唤雨，这些光怪陆离的幻相，如果拿读《太上感应篇》或是计较油盐柴米的心理去摸索，便失其为神奇了。

艺术往往在不自然中寓自然。一部《红楼梦》所写的完全是儿女情，作者却要把它摆在“金玉缘”一个神秘的轮廓里。一部《水浒》所写的完全是侠盗生活，作者却要把它的根源埋到“伏魔之洞”。戏剧在人情物理上笼上一层神秘障，也是惯技。梅特林的《裴列阿司与梅里桑》写叔嫂的爱，本是一部人间性极重要的悲剧，作者却把场合的空气煊染得阴森冷寂如地窖，把剧中人的举止言笑描写得如僵尸活鬼，使观者察觉不到它的人间性。邓南遮的《死城》也是如此。别说什么自然主义或是写实主义，易卜生所写的在房子里养野鸭来打的老头儿，是我们这个世界里的人物么？

像一切艺术一样，戏剧和人生之中本来要有一种距离，所以免不了几分形式化，免不了几分不自然。人事哪里有恰好分成五幕的？谁说情话像张君瑞出口成章？谁打仗只用几十个人马？谁像奥尼尔在《奇怪的插曲》里所写的角色当着大众说心中隐事？以此例推，古希腊和中国旧戏的角色戴面具，穿高跟鞋，拉着嗓子唱，以及许多其他不近情理的顽艺儿都未常没有几分情理在里面。它们至少可以在舞台和世界之中辟出一个应有的距离。

悲剧把生活的苦恼和死的幻灭通过放大镜，射到某种距离以外去看。苦闷的呼号变成庄严灿烂的意象，霎时间使人脱开现实的重压而游魂于幻境，这就是尼采所说的“从形相得解脱”（Redemption Through Appearance）。

从“距离说”辩护中国艺术

从前有一个海边的种田人，碰见一位过客称赞他的门前的海景，很不好意思地回答说，“门前虽然没有什么可看的，屋后有一园菜还不差，请先生来看看。”心无二用，这位种田人因为记罣着他的一园菜，就看不见大海所呈现给他的世界，虽然这个世界天天横在他的眼前。我们一般人也是如此，通常都把全副精力费于饮食男女的营求，这丰富华严的世界除了可效用于生活需要之外，便没有什么可以让我们看看的。一看到天安门大街，我就想到那是到东车站或是广和饭庄的路，除了这个意义以外，天安门大街还有它的本来面目没有？我相信它有，我并且有时偶然地望见过。有一个秋天的午后，我由后门乘车到前门，到南池子转湾时，猛然看见那一片淡黄的日影从西长安街一路射来，看见那一条旧宫墙的黄绿的琉璃瓦在日光下辉煌地严肃地闪耀，看见那些忽然现着奇光异彩的电车马车人力车以及那些时装的少女和灰尘满面满衣的老北平人，这一切猛然在我眼前现出一个庄严而灿烂的世界，使我霎时间忘去它是到前门的路和我去前门一件事实。不过这种经验是不常有的，我通常只记得它是到前门的路，或是想着我要去广和饭庄。我们对于这个世界经验愈多，关系也愈复杂，联想愈纷乱，愈难见到它们的本来面目。学识愈丰富，视野愈窄狭；对于一件事物见的次数愈多，所见到的也就愈少。

艺术的世界也还是我们日常所接触的世界，——是它的不经见的另一面。它不经见，因为我们站得太近。要见这一面，我们须得跳开日常实用在我们四围所画的那一个圈套，把世界摆在一种距离以外去看。同是一个世界，站在圈子里看和站在圈子外看，景象大不相同。比如说海上的雾。我在船上碰着过雾，现在回想起来，还有些戒惧。耽误行程还不用说，听到若远若近的邻舟的警钟，水手们手慌脚乱地走动以及乘客们的喧嚷，仿佛大难临头，真令人心焦气闷。茫无边际的大海中没有一块可以暂时避难的干土，一切都任不可知的命运去摆布。在这种情境中，最有修养的人最多也只能做到镇定的工夫。但是我也站在干岸上看过海雾，那轻烟似的薄纱笼罩着那平谧如镜的海水，许多远山和飞鸟都被它轻拖慢掩，现出梦境的依稀隐约。它把天和海接成一气，你仿佛伸一只手就可以抓住天上浮游的仙子。你的四围全是广阔，沈寂，秘奥和雄伟，见不到人世的鸡犬和烟火，你究竟在人间还在天上，也有些不易决定。

同是海雾，却现出两重面目，完全由于观点的不同。你坐在船上时，海雾是你的实用世界中一片段，它和你的知觉，情感，希望以及一切实际生活的需要都连瓜带葛地固结在一块，把你围在里面，使你只看得见它的危险性。换句话说，你和海雾的关系太密切了，距离太接近了，所以不能用处之泰然的态度去欣赏它。你站在岸上时，海雾是你的实际世界以外的东西，它和你中间有一种距离，所以变成你的欣赏的对象。

一切事物都可以如此看去。在艺术欣赏中我们取旁观者的态度，丢开寻常看待事物的方法，于是见出事物的不平常的一面，天天遇见的素以为平淡无奇的东西，例如破墙角的一枝花，林间一片阴影或是一个老妇人的微笑，便陡然现出奇姿异彩，使我们觉得它美妙。艺术家和诗人的本领就在能跳出习惯的圈套，把事物摆在适当的距离以外去看，丢开它们的习惯的联想，聚精会神地观照它们的本来面目。他们看一条街只是一条街，不是到某车站或是某商店的指路标。一件事物本身自有价值，不因为和人或其他事物有关系而发生价值。

艺术的世界仍然是在我们日常所接触的世界中发见出来的。艺术的创造都是旧材料的新综合。希腊神像的模型仍是有血有肉的凡人，但丁的地狱也还是拿我们的世界做蓝本。惟其是旧材料，所以观者能够了解；惟其是新综合，所以和实际人生有距离，不易引起日用生活的纷乱的联想。艺术一方面是人生的返照，一方面也是人生隔着一层透视镜而现出的返照。艺术家必了解人情世故，可是他能不落到人情世故的圈套里。欣赏者也是如此，一方面要拿实际经验来印证作品，一方面又要脱净实际经验的束缚。无论是创造或是欣赏，这“距离”都顶难调配得恰到好处。太远了，结果是不能了解；太近了，结果是不免让实际人生的联想压倒美感。

比如说看莎斯比亚的《奥塞罗》。假如一个人素来疑心他的太太不忠实，受过很大的痛苦，他到戏院里去看这部戏，必定比旁人较能了解奥塞罗的境遇和衷曲，但是他却不一定是一个理想的欣赏者。那些暗射到切身的经验的情节容易惹起他联想到自己和妻子处在类似的境遇，不能把戏当作戏看，结果是不免自伤身世。《奥塞罗》对于猜疑妻子的丈夫“距离”实在太近了，所以容易失去艺术的效用。艺术的理想是距离适当，不太远，所以观者能以切身的经验印证作品；不太近，所以观者不以应付实际人生的态度去应付它，只把它当作一幅图画摆在眼前去欣赏。

艺术的“距离”有天生自然的。最显明的是空间的隔阂。比如一幅写实的巫峡图或西湖图，在西湖或巫峡的本地人看，距离太近，或许不觉得有什么美妙，在没有见过西湖或巫峡的人看，就有些新奇了。旅行家到一个新地方总觉得它美，就因为它还没有和他的实际生活发生多少关联，对于它还有一种距离。时间辽远也是“距离”的一种成因。比如卓文君的私奔，海伦后的潜逃，在百世之下虽传为佳话，在当时人看，却是秽行丑迹。当时人受种种实际问题的牵绊，不能把这桩事情从繁复的社会习惯和利害观念中划出，专作一个意象来观赏；我们时过境迁，当时的种种牵绊已不存在，所以比较自由，能以纯粹的美感的态度对付它。

艺术的“距离”也有时是人为的。我们可以说，调配“距离”是艺术的技巧最重要的一部分。比如戏剧生来是一种距离最近的艺术，因为它用极具体极生动的方法把人情世故表现在眼前，表演者就是有血有肉的人，这最易使人回想到实际人生，把应付实际人生的态度来应付它，所以戏剧作者用种种方法把“距离”推远。古希腊悲剧大半不以当时史实而以神话为题材，表演时戴面具，穿高跟鞋，用歌唱的声调，用意都在不使人忘记眼前是戏而不是实际人生中的一片段。造形艺术中以雕刻的距离为最近，因为它表现立体，和实物几乎没有分别。历来雕刻家也有许多制造“距离”的方法。埃及雕刻把人体加以抽象化，不表现个性；希腊雕刻只表现静态，不常表现运动，而且常用裸体，不雕服装，意大利文艺复兴时代雕刻往往染色。这都是要避免太像实物的毛病。图书以平面表现立体，本来已有若干距离。古代画艺不用远近阴影，近代立体派把生物形体加以几何线形化，波斯图案画把生物形体加以极不自然的弯屈或延长，也是要把"距离"推远。这里只随便举几个例说明"距离"的道理，其实例子是举不尽的。

艺术和实际人生之中本来要有一种距离，所以近情理之中要有几分不近情理。严格的写实主义是不能成立的。是艺术就免不了几分形式化，免不了几分不自然。近代技巧的进步逐渐使艺术逼近实在和自然。这在艺术上不必是进步。中国新进艺术家看到近代西方艺术的技巧完善，画一匹马就活像一匹马，布一幕月夜深林的戏景就活像月夜深林，以为这是真是绝大本领，拿中国艺术来比，真要自惭形秽。其实西方艺术固然有它的长处，中国艺术也固然有它的短处，但是长处不在妙肖自然，短处也并不在不自然。西方艺术的写实运动从文艺复兴以后才起，到十九世纪最盛，一般人仍然被这个传统的"妙肖自然"一个理想囿住，所以"皇家学会"派画家仍在"妙肖自然"方面用工夫。但是无论在理论方面或实施方面，欧洲的真正艺术却从一个新方向走。在理论方面，从康德起，一直到现在，美学思想主潮都是倾向形式主义。康德分美为纯粹的和有依赖的两种。纯粹的美只在颜色线形声音诸原素的谐合的配合中见出，这种美的对象只是一种不具意义的"模型"（Pattern），最好的例是阿剌伯式图案，音乐和星辰云彩。有依赖的美则于形式之外别具意义，使观者由形式旁迁到意义上去。例如我们赞美一匹马，因为它活泼雄壮轻快；赞美一棵树，因为它茂盛，挺拔，坚强。这些观念都是由实用生活得来的。因如此等类的性质而觉得一件事物美，那种美就是有依赖的。依康德看，凡是模仿实物的艺术，价值须在模仿是否逼真和所模仿的性质是否对于人生有用两点见出。这种价值都是外在的，实不足据以为凭来断作品本身的美丑。康德以后，美学家把艺术分为“表现的”（Representative）和“形式的”（Formal）两种成分。比如说图画，题材或故事属于“表现的成分”，颜色线形阴影的配合属于“形式的成分”。近代艺术家多看轻“表现的成分”而特重“形式的成分”。丕德（Walter Pater）以为一切艺术到最高的境界都逼近音乐，因为在音乐中内容完全混化在形式里，不能于形式之外见出什么意义（即表现的成分）。

在实施方面，形式主义也很盛行。图画方面的后期印象主义和立体主义都不以模仿自然为能事。塞让纳（Cezanne）是最好的例。看他的作品，你绝对看不出写实派的浮面的逼真，第一眼你只望见颜色线形阴影的谐和配合，要费一番审视，才能辨别它所表现的是一片崖石或是一座楼台。不但在创造方面，在欣赏方面，标准也和从前不同了，从前人以为画艺到十五世纪的意大利画家手里已算是登峰造极，现在许多学者却嫌达文奇腊斐尔一般人的技巧过于成熟，缺乏可以回味的东西。他们反推崇中世纪巴让庭派（Byzantine）和文艺复兴初期意大利的"原始派"的那种技巧简陋而意味却深长的艺术。从此可知西方人已逐渐觉悟到技巧的进步和艺术的进步是两回事，而艺术的能事也不仅在妙肖自然了。

从欧洲艺术的新倾向看，我们觉得在这里应该替中国旧艺术作一个辩护。骂旧戏拉着嗓子唱高调为不近人情的先生们如果听听瓦格纳的歌剧，也许恍然大悟这种玩艺原来不是中国所特有的"国耻"或"国粹"。如果他们再稍费点工夫去研究古希腊的剧艺，也许知道带面具，打花脸，穿古装，著高跟鞋等等也不一定是野蛮艺术的特征。在图画雕刻方面，远近阴影原来是技巧上的一大进步，这种技巧的进步原来可以帮助艺术的进步，但是无技巧的艺术终于胜似非艺术的技巧。中世纪欧洲诸大教寺的雕像的作者原来未尝不知道他们所雕的人体长宽的比例不近情理，但是他们的作品并不因这一点不近情理而减低它们的价值。专就技巧说，现在一个普通的学徒也许知道许多觉陀（Giotto）或顾恺之所不知道的地方，但是觉陀和顾恺之终于不朽。中国从前画家本有"远山无皴，远水无波，远树无枝，远人无目"一类的说法，但是画家的精义并不在此。看到觉陀或顾恺之的作品而嫌他们不用远近阴影，这种人对于艺术只是"菲里斯坦人”而已！

再说诗，它和散文不同，因为它是一种更“形式的”艺术，和实际人生的“距离”比较更远。诗决不能完全是自然的，自然语言不讲究音韵，诗宜于讲究一点音韵。音韵是形式的成分，它的功用在把实用的理智“催眠”，引我们到纯粹的意象世界里去。许多悲惨或淫秽的材料，用散文写，仍不失其为悲惨或淫秽，用诗的形式写，则我们往往忘其为悲惨或淫秽。女儿逐父亲，母亲杀儿子，以及儿子娶母亲之类的故事很难成为艺术的对象，因为它们容易引起实际人所应有的痛恨和嫌恶。但是在希腊悲剧和莎斯比亚的悲剧里，它们居然成为极庄严灿烂的艺术的对象，就因为它们披上诗的形式，不容易使人看成实际人生中一片段，以实用的态度去应付它们。《西厢》里“软玉温香抱满怀，春至人间花弄色，露滴牡丹开”几句诗，其实只是说男女交媾，但是我们读这几句诗时常忽略它的本意。拿这几句诗来比《水浒》里西门庆和潘金莲的故事，分别立刻就见出。《水浒》这一段本是妙文，但淫秽的痕迹仍然存在，不免引动观者的性欲冲动。材料相同，影响大相悬殊，就因为王实甫把淫秽的事迹摆在很幽美的意象里，再用音乐很和谐的词句表现出来，使我们一看到就为这种美妙和谐的意象和声音所摄引，不易想到背后淫秽的事迹。这就是说，诗的形式把它的“距离”推远了。《水浒》写潘金莲的淫秽用散文，这就是说，用日常实际应用的文字，所以较易引起实际应用的联想和反应。

总之，艺术上的种种习惯既然造成很悠久的历史，纵然现代的时尚叫我们觉得它离奇不近情理，它们却未常没有存在的理由，本文所说的“距离”即理由之一。艺术取材于实际人生，却须同时于实际人生之外另辟一世界，所以要藉种种方法把所写的实际人生的距离推远。戏剧的脸谱和高声歌唱，雕刻的抽象化，图画的形式化，以及诗的音韵之类都不是“自然的”，但并不是不合理的。它们都可以把我们搬到另一世界里去，叫我们暂时摆脱日常实用世界的限制，无沾无碍地聚精会神地谛视美的形相。

参看 Edward Bullough：Psychical Distance
British Journal of Psychology，1912

（原载《大公报文艺副刊》。）

小泉八云

哥德曾经说过，作品的价值大小，要看它所唤起热情的浓薄。小泉八云（Lafcadio Hearn）值得我们注意，就在他对于人生和文艺，都是一个强烈的热情者。他所倾向的虽然是一种偏而且狭的浪漫主义，他的批评虽不免有时近于野狐禅，可是你读他的书札，他的演讲，他描写日本生活的小品文字，你总得被他的魔力诱惑。你读他以后，别的不说，你对于文学兴趣至少也要加倍浓厚些。他是第一个西方人，能了解东方的人情美。他是最善于教授文学的，能先看透东方学生的心孔，然后把西方文学一点一滴地灌输进去。初学西方文学的人以小泉八云为向导，虽非走正路，却是取捷径。在文艺方面，学者第一需要是兴趣，而兴趣恰是小泉八云所能给我们的。

我说小泉八云是一个西方人，严格说起，这句话不甚精确。他的文学兴趣是超国界的，他的行踪是飘泊无定的，他的世系也是东西合璧的。论他的生平，他生在希腊，长在爱尔兰，法国，美国和西印度，最后娶了日本妇人，入了日本籍。论他的血统，他是一个混种之混种。他的父亲名为爱尔兰人，而祖先据说是罗麦（Romaic）人和由埃及浪游到欧陆的一种野人（Gypsy）的后裔。他的母亲名为希腊人，据说在血源方面与亚剌伯人有关系。要明白小泉八云的个性，不可不记着他的血统。希腊人的锐敏的审美力，拉丁人的强烈的感官欲与飘忽的情绪，爱尔兰人的诙诡的癖性，东方民族的迷离梦幻的直觉，四者熔铸于一炉，其结果乃有小泉八云的天才和魔力。他的著作中有一种异域（exotic）情调，在纯粹的英国人，法国人或任何国人的著作中都不易寻出的。

小泉八云的父亲是一个下级军官，驻扎在希腊的英属岛，因而娶下希腊女子。小泉八云出世未久，就随父母还爱尔兰。到了爱尔兰以后，刚离襁抱的小泉八云就落下生命苦海，飘泊终身了。他的家庭中遭遇种种惨变，父另娶，母再醮，他寄养在一个亲房叔祖母家，和他的父母就从此永远诀别了。他的亲属都是天主教徒，所以他自幼就受严厉的天主教的教育。他先进了一个英国天主教学校，据说因为好闹事，被学校斥退了。他在学校就以英文作文驰名。同学们因为他为人特别奇异，都欢喜同他顽。他的眼睛瞎了一个，就是在学校和同学们游戏打瞎的。后来他又转入法国天主教学校，所以他的法文很有根底。他生来是一个唯美主义者，对于宗教，始终格格不入。他在书札中曾提起幼时一段故事：

我做小孩时，须得照例去向神父自白罪过。我的自白总是老实不客气的。有一天，我向神父说，“据说厉鬼尝变成美人引诱沙漠中的虔修者，我应该自白，我希望厉鬼也应该变成美人来引诱我，我想我决定受这引诱的。”神父本来是一位道貌堂堂的人，不轻于动气。那一次，他可怒极了。他站起来说，“我警告你，我警告你永远莫想那些事，你不知道你将来会后悔的！”神父那样严肃，使我又惊又喜。因为我想他既然这样郑重其词，也许我所希望的引诱果然会实现罢！但是俏丽的女魔们都还依旧留在地狱里！

如果到地狱里去，他能享美，他也乐意去的。这是他生平对于文艺的态度，在这幼年的自白中就露出萌芽了。在十六岁时，他的叔祖母破产，没有人资助他，他只得半途辍学，跑到伦敦去做苦工。在伦敦那样人山人海的城市中，一个孤单孱弱的孩子，如何能自谋生活？他有时睡在街头，有时睡在马房里。在一篇短文叫做《众星》（Stars）里面，有一段描写当时苦况说：

“我脱去几件单薄衣服，卷成一个团子作枕头，然后赤裸裸地溜进马房草堆里去。啊，草床的安乐！在这第一遭的草床上我度去多少漫漫长夜！啊，休息的舒畅，干草的香气！上面我看着众星闪闪地在霜天中照着。下面许多马时时在那儿打翻叉脚。我听得见它们的呼吸；它们呼的气一缕一缕地腾到我面前。那庞大身躯的热气，把全房子通炙热了，干草也炙得很暖，我的血液也就流畅起来了，——它们的生命简直就是我的炉火。”在这种境界中，他能恬然自乐，因为“他知道天上那万千历历的繁星个个都是太阳，而马却不知道。”

他在伦敦度去两年，也没有人知道他究竟如何撑持住他的肚皮；更没有人知道他如何七翻八转，就转到纽约。此时他已十九岁了。当时英国人想发财的都到美国掘金山去。小泉八云是否也有这种雄心，我们不知道。我们所知道的只是那里没有财临到他去发。叨天之幸，他遇着一个爱尔兰木匠，叙起乡谊，两下相投，他就留在木匠铺里充一个走卒。不多时，他又转到辛辛拿地。他在三等车里，看见一位挪威女子，以为她是天仙化人，暗地里虔诚景仰。旁座人向他开顽笑说，“她明天下车了，你何以不去同她攀谈？”他以为这是渎亵神圣，置之不答。那人又问他何以两天两夜都不吃饭，他答腰无半文，那人便转过头谈别的事去了。他正在默念人情浇薄，猛然地后面有人持一块面包用带着外国口音的英语向他说，“拿去吃罢。”他回头看，这笑容满面的垂怜者便是那挪威少女。张皇失措中，他接着就慌忙地嚼下了。

过后才想到忘记道谢，不尴不尬地去作不得其时的客气话，被她误会了，用挪威语说了一阵话，似乎含着怒意。过了三十五年，小泉八云做了一篇文章，叫做《我的第一遭奇遇》，还津津乐道这一饭之惠。

小泉八云在美洲东奔西走地度去二十余年之久。在这二十余年中，他经过变化甚多，本文不能详述。一言以蔽之，这二十余年是他生平最苦的时代，也是他死心塌地努力文学的时代。穷的时候，他在电话厂里做过小伙计，在餐馆里做过堂倌，在印刷所里做过排字人，他自己又开过五分钱一餐的小吃店。后来他由排字人而升为新闻报告者，由报告者而升为编辑者。他的大部分光阴都费在报馆里。他的职业虽变更无常，可是他自始至终，都认定文学是他的目标。窘到极点，他总记得他的使命。别的地方他最不检点，在文学方面他是最问良心的。尽管穷到没有饭吃，他决不去做自己所不欢喜做的文字去骗钱。他于书无所不窥，希腊的诗剧，印度的史诗，中国的神话，挪威的民间故事，俄国的近代小说，英国浪漫时代的诗和散文，他都下过仔细的功夫。法国的近代文学更是他所寝馈不舍的。我在上面说过，小泉八云具有拉丁民族的强烈的感官欲，所以他最能同情于法国近代作者。他是第一个人介绍过第页（Gautier），福洛伯（Flaubert），莫泊桑一般人给英美读者。他又含有爱尔兰人的诙诡奇诞的嗜好，所以他爱读挪威，俄国，印度，日本诸国文学，因为这些文学中都含有一种魔性的不平常的情致与风味。

小泉八云生来就是一个妇女崇拜者。他的飘泊生涯中大部分固然是咸酸苦辣，却亦不乏甜的滋味。关于他早年的韵事，读者最好自己去读他的传记和书札。他的第一个妇人是一个黑奴女子。在辛辛拿地充新闻记者时，他染过一次重病。这位黑奴女子替他照料汤药，颇致殷勤。病愈后，他就同她正式结婚。白人以白黑通婚为大逆不道，小泉八云遂因此为报馆所辞退。小泉八云动于一时情感，不惜犯众怒而娶黑奴女子，这本是他的本色。拉丁人之用情，来如疾雨，去如飘风；不久，他转过背到了日本，就忘掉黑妇人而另娶一日本女子，把自己的姓名和国籍都丢掉，跟妻族过活。他本名拉夫克第阿韩恩（Lafcadio Hearn），娶日本妇后，才自称小泉八云，小泉是他的妻姓，八云是日本古地名，又是一首古诗的句首。在交友方面，小泉八云也是最反覆无常的人。和你要好时，他把你捧入云端，和你翻脸时，他便把你置之陌路。他早年所缔造的好友，晚年都陆续地疏弃去。他自己的妹妹和他通过许多恳挚的信，到后来也突然中绝。她写信给他，他总是把空信封递回。有人说，他怕记起幼年家庭隐痛，所以他恝然砍断这一条联想线索。

一切故人，他都遗弃了，可是有一个人他永远没有遗弃，——如果他所信的轮回说不虚诞，也许在另一境界中，这人和小泉八云享有上帝的非凡的恩宠！听过小泉八云的英文课的日本学生们或许还记得他每逢解释西文姓名，在粉版上写的例子回回都是伊利萨伯比思兰（Elezabeth Bisland）。原来这位比思兰就是小泉八云的久要不忘的丽友。像小泉八云自己，比思兰也早为境遇所窘，十七岁就离开她的父母，到新奥林斯去办报卖文过活。她很爱读小泉八云在报纸上所发表的文字，就写了一封信给他，表示她女孩子的天真烂漫的景仰。从此文学史上，卢梭（Rousseau）与福兰克菲夫人（Mme. de La Tour-Franqueville）歌德与鲍蒂腊女士（Bettida Brentano）两段因缘以外，就添上一番佳话了。卢梭，歌德对于他们的崇拜者，都未免薄情，小泉八云总算能始终不渝。他给比思兰的信是一幅耽嗜文艺者的心理解剖图，页页都有诗情画意。他写信给她，最初还照例客气，后来除信封以外，就不称她为“比思兰女士”了。小泉八云在精神上受她的影响最深。在他的心目中，比思兰是无量数玄秘心灵的结晶，是一种可望而不可攀的理想。他本来是一个心地驳杂的人，受过比思兰的影响以后，纯洁的情绪才逐渐从心灵的深处涌起。读小泉八云的作品，处处令人觉有肉的贪恋，也处处令人觉有灵的惊醒。肉的贪恋是从过第页，福洛伯，莫泊桑诸人传染来的；而灵的醒觉，则不能不归功于比斯兰的薰陶。女性经过神秘化和神圣化以后，其影响之大，往往过于天地神祇，小泉八云写信给韦德幕夫人（Mrs. Wetmore）——二十年前的比思兰女士——仿佛也有这样自白。流俗人总祷祝天下有情人都成眷属，假若小泉八云和比思兰的关系再进一步，结果佳恶固不可必，而文学史上则不免减少一个纯爱好例，法国的安白尔（Jean Jacques Ampére）和列卡米（Mme. Recamier）夫人就要独美千古了。

小泉八云死后，比思兰把他生平所写的书札，搜集成三巨册，她自己又替他做了一篇一百五十几页的传冠在前面。从这篇传和编辑书札的方法看，我们不得不赞赏她的文学本领。她着墨很少，只把小泉八云自己说的话，写的信，做的文章和朋友们的回忆择要串成一气，而他的声音笑貌，便历历如在耳目。小泉八云的传有四五种之多。论详赡以铿纳德（Kennard）所著的为第一，可是许多佳篇妙语，经过间接语气的叙述法，不免减煞不少精彩；所以它终不及比思兰的大笔濡染，疏简而生动。

小泉八云到日本时年已四十。他本带着美国某报馆的委任，抵日本后，便丢开新闻事业而专从事于教授和著述。他先只在熊本中学教英文，后升为东京帝国大学教授，因不乐与贵人往来，为日本政府所辞退。以后早稻田大学又聘他为文学教授。他在日本凡十四年，他的最好的作品都在这个时期中成就的。到晚年他的声誉颇大，康奈尔大学和伦敦大学想请他去演讲，都因事中辍了。他到日本以后，思想习惯都变为日本式的。他的妇人出自日本的一个中衰的望族。夫妇间感情颇笃。他生平最讨厌日本人穿洋服说英文。他的妇人请他教英语，他始终不肯；他自己倒反请她教日本文；后来他居然能用日本文会话写信。他的妇人喜欢讲日本故事，他听得津津有味时，便请她说一遍又说一遍，最后便取来做文学材料。他最不修边幅，平时只穿一套粗布服。当教授时，他妇人再三怂恿他做了一套礼服，他终身还没有穿过几次。因为怕穿礼服和拘于繁礼，每逢宴会，他往往托故不到。日本朋友去访他，尝穿着洋服衔着雪茄烟；他自己反披着和服，捧着日本式的小烟袋。他以为日本旧式生活含有艺术意味，每见通商大埠渐有欧化的痕迹，便深以为可惜。他平时最爱小孩子，小动物，花木等等。他有一天看见一个人掷猫泄怒，就提起身旁手枪向掷猫的人连放四响，因为他近视，都没有击中。他邻近古庙中有许多古柏，他最好携妇人往柏阴散步。有一天，寺僧砍倒了三棵古柏，他看见了，终日为之不欢。他对妇人叹道，“把嫩弱的芽子养成偌大的树，要费几许岁月哟!”他观察事物，极其审慎。因为近视，尝携一望远镜。有一天他捉了一只蚂蚁，便铺一张报纸在地上，让蚂蚁沿着报纸爬行，他一个人从旁看着，一下午都不做旁的事。这时他刚做一篇关于蚁的文字，其谨慎可想。

他的神经不免有时失常，常说自己看见鬼怪。看起来，他像一个疯人，又像一个小孩子。有一次，他携妇人去买浴衣，本来只需一件，他看见各种颜色都好看，便买上三四十件，店中人都张着眼睛望他。总之，他是一个最好走极端的人，他在生活方面，在艺术方面，都独行其所好，瞧不起世俗的批评。

比思兰以为小泉八云的书札胜似卢梭的“自白”，似未免阿其所好。小泉八云有卢梭的癖性与热情，而无卢梭的天才与气魄，究竟不能相提并论。可是她说小泉八云的著作中以书札为最上品，爱读小泉八云的人们想当有同感。他平时作文，过于推敲。每成一文，易稿十数次。精钢百炼，渣滓净尽，固其所长；而刻划过量，性灵不免为艺术所掩蔽，亦其所短。但是他的信札大半在百忙中信笔写成的，所以自然流露，朴质无华。他的热情，他的幻想，他的偏见，在信札中都和盘托出。平时著书作文，都不免有所为；写信才完全是自己的娱乐，所以脱尽拘束。他的信札，无论是绘声绘形，谈地方风俗，写自己生活，或是谈文学，谈音乐，都极琐琐有趣。他的最大本领在能传出新奇地方的新奇感觉，使读者恍如身历其境。读他在热带地方写的信你会想到青棕白日，浑身发汗；读他描写海水浴的信，你会嗅着海风的咸气。在他的眼中，没有东西太渺小，值不得注意的。比方他给朋友讨论日本眼睛的信，就很别致：

昨夜睡在床上把洛地（P. Loti，法国小说家 Julien Viaud 的假名）从头读到尾，后来睡着了，梦中还依稀见着喧嚷光怪的威尼斯。

以后再谈这本书，现在我想说说我的邪说怪论。你或许不乐闻，但是真理是真理，尽管和世所公认的标准悬殊太远。

我以为日本眼睛之美，非西方眼睛所能比拟。谈日本眼睛的歪文我已读厌了，现在姑且辩护我的怪论。

博德女士说得好，人在日本居久了，他的审美标准总得逐渐改变。这不但在日本，在任何国土都是一样。真游历家都有同样经验。我每拿西方孩子的雕像给日本人看，你想他们说什么？我试过五十次了，每次如果得到评语，都是众口一词："面孔很生得好，——一切都好，只是眼睛，眼睛太大了，眼睛太可怕了！"我们用我们的标准鉴定，东方人也自有其标准，究竟谁是谁非呢？

日本眼睛之所以美，在它所特有的构造。眼球不突出，——没有嵌入的痕迹。褐色的平滑的皮肤猛然地很奇怪地劈开，露出闪闪活动的宝石。西方眼睛，除特别例外，最美丽的也不免张牙露齿似的，眼球显然像嵌进头盖骨里去的；球的椭圆和框的纹路都没有藏起。纯粹从美的观点说，无缝天衣是自然的较美的成就。（我曾见过一对最好的中国眼睛，我永远都不会忘掉！）

他接着又说白皮肤不如有色皮肤的美，也很有趣。他平时写信的材料，大半都是这样信手拈来，说得头头是道。有时他也很欢喜谈文学和哲理。给张伯伦教授（Prof. Hill Chamberlain）的信大半都说他的文学主张。比方下面所节录的就是属这一类：

你如果没有读过妥斯脱夫司克（Dostoievsky）的《犯罪与惩罚》，（法译本 Crime et Châtiment）我劝你试一试。我觉得这本书是近代第一本有力的言情小说。读这本书好比钉上十字架，可是动人至深。它比托尔斯泰的《高索克》（Cassocks）还更好。我最，最，最爱俄国作家。我以为妥格纳夫的《新田地》（Virgin Soil）胜似嚣俄的《悲惨世界》，我们的最好的社会小说家，也没有人能比上高哥尔。（Gogal）……

你读过边生（Bjõrnson）么？如果没有，应该试试《辛鲁夫·苏伯根》。（Synnove Solbakken）我想凡他所做的，你都会欢喜。他的秘钥在兼有雄伟简朴之胜。任意取一部，你方以为所读的只是做给婴儿读的作品，可是猛然间会有大力深情流露，使你为之撼动，为之倾倒。安德生（Anderson，以童话著名）的魔力也就在此。这派北欧作者简直不屑修饰，不讲技巧，——浑身都是魄力，又宏大，又温和，又诚恳。他们真使我对之吐舌。我就学一百年也写不成一页比得上边生，虽然我能模仿华美的浪漫派作者。修饰和富丽的文字究不难得，最难得的是十足的简朴。

这一两条例子，我不敢说就能代表小泉八云的作风，可是我不能再举了。约翰生说断章取义地赞扬莎斯比亚，好比卖屋的人拿一块砖到市场去做广告。研究任何人的作品，都不能以一斑论全豹，须总观全局，看它所生的总印象如何。上乘作品的佳胜处都在总印象而不在一章一句的精炼。小泉八云的信札要放在一堆，从头读到尾，我们才能领略它的风味。

我对于日本无研究，不敢批评小泉八云描写日本的书籍。我只觉得读《稀奇日本瞥见记》（Glimpses of Unfamiliar Japan）和《出自东方》（Out of the East）等书，比读最有趣的小说还更有趣。《稀奇日本瞥见记》里面有一篇叫做《舞女》（Dancing Girl）已经翻译成法，意，德诸国文字，法国 Deux Mondes 杂志曾推为世界最好的言情故事。《出自东方》里面的《海龙王公主》，《石佛》诸篇完全是一种散文诗，其音调之悠扬，情境之奇诡，都令人读之悠然意远，论文章，这几种书在小泉八云的作品中也要算是最美丽的。从表面看，它们都是极浅显，极流利，像是不曾费力，信笔写就的；可是实际上，一字一句都经过几番推敲来的。看他给张伯伦教授的信，就可想见他如何刻划经营：

……题目择定了，我先不去运思，因为恐怕易于厌倦。我作文只是整理笔记。我不管层次，把最得意的一部分先急忙地信笔写下。写好了，便把稿子丢开。去做旁的较适意的工作。到第二天，我再把昨天所写的稿子读一遍，仔细改过，再从头到尾腾清一遍。在腾清中，新的意思自然源源而来，错误也发见了，改正了。于是我又把它搁起。再过一天，我又修改第三遍。这一次是最重要的。结果总比从前大有进步，可是还不能说完善。我再拿一片干净纸作最后的腾清。有时须腾两遍。经过四五次修改以后，全篇的意思自然各归其所，而风格也就改定妥贴了。这样工作都是自生自长的。如果第一次我就要想做得车成马就，结果必定不同。我只让思想自己去生发，去结晶。

我的书都是这样著的。每页都要修改五六次，好像太费力；但实际上这是最经济的方法。久于作文的人，出笔自能运用自如，著书如写信，不易厌倦。所谓意之所到，笔亦随之，用不着费力。你尽管提着笔，它自会触理成文，仿佛有鬼神呵护。我现在只是写信给你，所以一动笔就写许多页。但是如果做文章付印，我至少也要修改五次，使同样思想在一半篇幅中表现得更有力。我先一定只让思想自己发展。第二天把第一天所写的五页腾清过，再另写五页；第三天把第一天的五页再改过，另外再写五页。每天都写些新材料，可是第一天的五页未改好以前，不动手改第二天的五页。平均每天可写五页（指每日三时工作），每月可写一百五十页。最要紧的是先写最得意的部份。层次无关宏旨而且碍事。得意的部份写得好，无形中便得许多鼓励，其他连属部份的意思也自然逐一就绪了。

我读到这封信，诧异之至；因为我从来没有想到小泉八云的那样流利自然的文字是如此刻意推敲来的。我不敢说凡是做文章的人都要学小泉八云一般仔细。文事本天成，过于修饰，往往汨没天真。但是初学作文的人总应该经过一番推敲的训练。从前中国文人，大半每人都先读过几百篇乃至于几千篇的名著，揣摩呻吟，至能背诵。他们练习作文，也字斟句酌，费费心力。郑谷改僧齐已早梅诗“数枝开”为“一枝开”，齐已感佩至于下拜。张平子做《两京赋》，构思至于十年之久。听说严又陵译书，尝思索数月乃得一洽当字。在我们这一代人看，这样咬文嚼字，似未免近于迂腐。加以近代生活日渐繁忙，青年人好以文字露头角。上焉者自恃天才，不屑留心于文字修饰；下焉者以文字为吃饭工具，只求多多益善，质的好坏便不能顾及。一般报章杂志固然造就了不少的文人学者，可是也陷害了许多可以有为之士。

读世界文学家传记，除莎斯比亚以外，我不知道一个重要作者没有在文章上经过推敲的训练。中国文字语言现在正经激变，作家所负的责任尤其重大，下笔更不可卤莽。所以小泉八云的作文方法值得我们特别注意。

从东方学生的实用观点说，小泉八云的《演讲集》是最好的著作。我在上面说过，他能看透东方学生的心孔，然后把西方文学一点一滴地灌输进去。“灌输”这两个字还不甚妥当，因为他不仅给你一些文学常识，他所最关心的是教你如何欣赏，提醒你对于文学的嗜好。他自己对于文学是一个极端的热情者，他也极力引诱你同他一块拍掌叫好。他在东京帝国大学充过六年文学教授。（一八九六年至一九〇二年。）这六年中他所演讲的，日本学生都逐字逐句地记录下来了。他死后，哥仑布大学文学教授阿斯铿（Prof. Erskine）把日本学生笔记的演讲搜集起来，选其最佳者付印，得四巨册。第一第二两册名《文学导解》（Intrepretations of Literature）第三册名《诗的欣赏》（Appreciations of Poetry）第四册名《生命与文学》（Life and Literature）。

阿斯铿教授在他的序里说，除考老芮基（Colcridge）以外，在英文著作中找不出一部评批文集比得上《文学导解》；有时小泉八云且超出考老芮基之上，因为考老芮基所谈的只是空玄的文学哲理，到小泉八云才谈到个别作品的欣赏。这番话虽着重小泉八云的价值，也未免于过誉。考老芮基是英国浪漫派文学的开山老祖，而小泉八云只是浪漫主义所养育的娇儿。论创造力，论渊博，论深邃，小泉八云都不是考老芮基的敌手。他的浪漫主义颇太偏于唯感主义（sensualism），所以有时流于褊狭。他对于希腊文学只有一知半解，没有窥到古典主义的真精神。在《文学导解》第三讲《论浪漫文学与古典文学》里面，他把古典文学当成纯粹的谨守义法的文学，就显然把古典主义和十八世纪的假古典主义（neo-classicism）混为一谈了。真古典主义着重希腊文学的一种简朴冲和深刻诚挚的风味，假古典主义才主张谨守古人义法，以理胜情。小泉八云的感官欲太强，喜读夺目悦耳的文字，痛恨假古典主义之不近人情，矫枉乃不免于过直。比方他所最爱读的是丹尼生（Tennyson），而安诺德（M. Arnold）则被抑为第五流诗人，就不免为维多利亚时代习尚所囿。他生平推崇斯宾塞尔，为第一大哲学家，也是辽东人过重白豕。真正哲学家没有人看重斯宾塞尔的。

研究任何作者，都不应以其所长掩其所短，或以其所短掩其所长。小泉八云虽偶有瑕疵，究不失为文学批评家中一个健将。就我的浅薄的经验说，我听过比小泉八云更渊博的学者演讲，读过比《文学导解》胜过十倍的批评著作，可是考老芮基，圣博甫（Sainte Beuve），安诺德，克罗齐（Croce），圣兹博越教授（Prof. Saintsbury）虽使我能看出小泉八云的偏处浅处，而我最感觉受用的不在这些批评界泰斗，而在小泉八云。他所最擅长的不在批评而在导解。所谓“导解”是把一种作品的精髓神韵宣泄出来，引导你自己去欣赏。比方他讲溪兹（Keats）的《夜莺歌》，或雪莱（Shelley）的《西风歌》，他便把诗人的身世，当时的情境，诗人临境所感触的心情，一齐用浅显文字绘成一幅图画让你看，使你先自己感觉到诗人临境的情致，然后再去玩味诗人的诗，让你自己衡量某某诗是否与某种情致欣合无间。他继而又告诉你他自己从前读这首诗时作何感想，他自己何以憎它或爱它。别人教诗，只教你如何“知”（know），他能教你如何“感”（feel），能教你如何使自己的心和诗人的心相凑拍，相共鸣。这种本领在批评文学中是最难能的。研究文学，最初离不了几种入门书籍。在入门书籍中，小泉八云的演讲要算是一部好书。从这部书中，不但初学者可以问津，就是教文学的教师们也可以学得不少的教授法。

文学的教授法是中国学校教师们所最缺乏的。本来想学生们对于文学发生热情，自己先要有热情，想学生们养成文学口胃，自己先要有一种锐敏的口胃。自己没有文学的热情与口胃，于是不能不丢开文学而着重说外国话。拿中国学生比日本学生，最显明的异点就在对于学外国文的态度。日本学生虽不会说外国话，而对于外国文学似乎读得比中国学生起劲些。中国学生只学得说外国话，而日本学生却于外国文学有若干兴味，这不能不归功于小泉八云的循循善诱。一个好文学教师的影响，往往作始简而将毕巨。听说日本新文学家许多都曾受教于小泉八云。他在演讲中尝说日本文学应该脱离假古典主义的羁绊而倾向于浪漫主义，文学作者应该不拘于文言而采用流利白话。这些鼓吹革命的话，在虔诚景仰的学生们的心中所生影响如何，是不难测量的。他在日本文学史上的位置大概不易磨灭罢。

（原载《东方杂志》第二十三卷第十八号）

安诺德（Matthew Arnold）

留心英国文物习俗的人们大概都觉得英国人民稳健，只是因为他们笨重；英国社会安定，只是因为它沈滞。他们只有一套“文雅人”的衣钵，父传子，子传孙地沿袭下去。社会中仿佛有一种洪炉烈焰，从此中熔铸出来的人简直都是一模一样。在一般所谓英国“文雅人”看，人生在世，只要能信上帝，尊英皇，服从中级社会的道德，就算是心满意足了。但是在这种沈滞的社会里，偶尔跳出一二个个性坚强的人，他的特立独行的胆与识，却又非其他民族所能产出。安诺德便是一个铮铮佼佼的人物。他生在维多利亚后时代，家家都在歌诵太平，以为英国文化好到无以复加了，他却一个人喊着说：“你们都是一般菲利赛人（Philistines）呀！只有自由思想才可以引导你们向光明处走，快从迷梦中醒觉罢！”在批评方面，他祖述圣博甫，但是他又景仰哥德和海纳（Heine），所以他的批评范围甚广，不仅限于文学，凡是有关于人类文化的他都加以讨论。因此他对于我们，较之其他欧洲批评学者更加重要。

安诺德（Matthew Arnold）是一个名父之子。他生于一八二二年。他的父亲做过腊格伯（Rugby）学校校长，在英国教育史上，是一个重要人物。安诺德幼时就在腊格伯学校肄业，后考得奖学金入牛津大学。当时牛津大学还未改中古制度。课程很简单而学风很宽大，读书的时候少而交际辨论的时候多。安诺德受牛津影响极深，而生平爱戴牛津也极切。大凡受过大学古典教育的批评家，其长处在有正当训练，眼界广而思路平正，其短处在过信权威，处置新奇作品过于苛刻。安诺德就兼有这个优点与缺点。在英国文学家中，他算是一个最渊博的。古代的希腊拉丁文学，近代德法文学，他都有很深刻的研究。这种训练一方面固然使他能见出英国人的偏狭，而另一方面，也使他养成许多成见。他私淑圣博甫，而圣博甫的灵活与宽大，他却始终没有学到。

就事业言，安诺德是一个教育家。他在腊格伯母校教过希腊拉丁文，在教育部当过三十五年的视学，在牛津大学当过十年的诗学教授，晚年又赴美国公开演讲一次。他对于英国中小学教育革新，贡献极大。他曾赴德法瑞士意大利各国考察教育，著成报告数种，为英国教育改革的借鉴。他是第一个人运动废除以学校考试成绩为政府津贴标准的陋制，他是第一个人提倡强迫普及教育。视学的职分在英国最清苦。他要终年巡视全国学校，制报告，有时还要亲自教课给教员们看，使他们知道改良教授法。从安诺德给他母亲和妹妹的信札看，他几乎没有一日不为教育琐事忙碌。论事功，他颇类似德国哲学者菲契特（Fichte）。

从来忙人很难得成诗人，安诺德却是一个例外。他生当十九世纪中叶，当时浪漫主义的流风余韵还极盛。与他同时的藤纳生和伯朗宁（Browning）都受有溪兹（Keats）和雪莱的影响。安诺德寝馈于希腊文学甚久，颇不同情于浪漫主义。他是浪漫时代中唯一的古典诗人。他却不像十八世纪的假古典派学者，他的诗真能表现几分希腊作风，极力于庄严冲淡中流露深情至理。他的短处在理胜于情，往往诗其形而散文其实。他虽反对浪漫主义而却未曾完全脱离浪漫派的影响。比方他极力崇拜华兹华司和哥德，而这两位大诗人都是浪漫派领袖，虽然比其他浪漫派诗人稍近于古典精神。烦恼是浪漫期的时代病，安诺德也很受了传染。不过摆伦哥德和夏托白利安一般人的烦恼由于恋爱，而安诺德的烦恼则与恋爱无关，他的婚姻是很满意的，他只是伤时感世。他是一个热情的淑世者，当时功利主义弥漫世界，而生活中最有价值的真善美渐不为世人所注意，大家都只以饱暖为太平，这是他所最感伤的。他知道世界在走错路，而举世皆浊，擢陷廓清，又非他一个人能力所可胜任。所以他的诗中充满着一种不可言喻的哀感。他最擅长挽诗，就是通常叙事言情，也带有挽诗的风韵。

安诺德在诗的方面，成就固颇可观，而他所以重要，则不在诗而在批评。他的《批评论文·第一集》在英国要算是考老芮齐的《文学传记》以后的第一杰作，现在文学家都还奉为圭臬。他在批评方面本想追踪圣博甫，可是两人所用的方法颇不相同。圣博甫的文章没有一篇讲主义，而安诺德的文章则几乎没有一篇不讲主义。

他的批评主张在论文集第一篇里揭出。这篇叫做《批评的任务》（The Function of Criticism），极为批评史家所重视，所以在这里有撮述的必要。

一般人往往把创作力与批评力划为两事，以为没有创作力的人才去干批评的勾当。创作家尤藐视批评，比方华兹华司就说，人的精力与其费在批评，不如费在创作，因为创作失败，只白费自家精力；批评失当，就不免遗误他人。这种见解在从前极普遍，从圣博甫以后，人才逐渐发觉没有创造力也决不能从事批评。圣博甫做的文人行状，所流露的创造力，实无异于写实派小说的。安诺德辨护批评，则又有一说。天赋才力，各有所偏。能批评而不能创作的人，我们不能叫他丢开批评，睁着眼睛向失败的路走，去勉强创作。约翰生的《阿林里斯》（Irenes）简直不成为诗，而他的《诗人传记》则人人都承认是杰作。我们定要拉他多做《阿林里斯》一类的诗，还是望他多作《诗人传记》呢？华兹华司做了许多无味的宗教诗。倘若他节省那副精力去多做像《抒情民歌集序》（Preface to the Lyrical Ballads）一类的论文，不比创作更好么？

批评力较之创作力，高下诚有悬殊。但是没有批评，创作也决难有大成就。要想伟大的创作出现，天才（The power of the man）与时会（The power of the moment）必须互相凑合。所谓时会，便是当时思想潮流（Current of ideas）。天才本诸自然，而时会则须藉人力造作；造作时会的人是批评家，不是创作家。创作家只能利用时会，处被动地位，受当时思想潮流之激荡，而后把他所受的时代影响返射到作品上去。假如没有批评家努力传播思想，思想便不能成为潮流，世间纵有天才，也必定因为缺乏营养，缺乏刺激，以至于干枯无成就。这个道理只要拿摆伦和哥德比较，便可见出。这两位诗人都有极大的创造力，而摆伦的成就远不如哥德，就因为摆伦时代的英国思想贫乏，无养育天才的滋料，而哥德时代的德国则正当“狂飚突进，”思潮汹涌。好比同样种子，一粒种在肥土里，一粒种在瘠土里，种在肥土里的开花结实，种在瘠土里的因为缺乏营养，没有成熟就枯谢了。不单是摆伦，其他英国浪漫派作者也同样地缺乏时代思潮的营养。连安诺德所最景仰的华兹华司，有哥德之深而无哥德之广，也就坏在读书少而思想狭隘。读者也许要问：伊利萨伯后朝，英国也并无壮大思潮可言，莎斯比亚也并没有读多少书，何以当时创作却像雨后春笋，欣欣向荣呢？安诺德说，伊利萨伯后时代，虽没有批评学者预先造成澎湃的思潮，而当时文艺复兴的余风犹存，英国又是新兴，势力正在蓬蓬勃勃地伸张，全国人民有一种烈情狂热，其激荡天才的能力也不亚于思潮。十九世纪的英国既无德国在哥德时代的文风，又无伊利萨伯时代的朝气，所以英国浪漫派的成绩无甚可观。

法国革命也是一种惊天动地的运动。论理，其时应有伟大创作出世，与希腊巴芮克里司（Pericles）时代和文艺复兴时代先后媲美。然而法国革命时代的文学殊使人失望，这是什么原故呢？为答复这个问题，安诺德提出一条很重要的学说。凡是一种主义须久经传播，成为思潮，深入人心以后，才能见诸实行。假如这种主义才初露头角，只有少数学者主张，而多数人民则未澈底了解，在这个时机未熟的时候，就想把它拿来实地试验，其结果往往使闻者惊骇而生反动，不惟实行受阻碍，而主义本身也失其易于传播的可能。安诺德以为法国革命失败，就由于操之过急。他并非反对法国革命，他只是嫌它发生太早。人权民约各种学说在当时还没有成为思潮，很少有人能澈底了解。人是一种贱动物，遇着不懂得的东西，总是怀着恶意仇视。所以当时欧洲各国都把法国革命看成大逆不道，群起而攻之，是以至于失败。安诺德以为在历史历程中，生发期（Epoch of expension）与凝集期（Epoch of concentration）常相代谢。生发期是新思潮膨胀期，凝集期是思潮停蓄期。伟大创作发生，都在生发期。法国当卢梭福尔特提倡人权民约诸说以后，学者如果让这种学说自由扩张，结果应该造成一种生发期，类似文艺复兴。不幸法国革命成为堕胎药，没有让新思想充分地蔓延，就把它弄到流产了。这个时期没有产生伟大创作，就因为这个原故。

因此安诺德极力主张批评学者应该保持一种“无所为而为”的精神（Disinterestedness），所谓“无所为而为”，就是纯讲学理，不粘落实际问题。他的批评定义是“心智自由运用于所论各科学问，”是“‘无所而为’研究及传播世间最好的知识与思想。”这种知识与思想传播出去成为一种新潮流以后，静止腐朽的旧思想潮流便会被它激荡，被它清化。久而久之，人的心理便在无形中澈底改变。这时好比水到渠成，理想自然易变为事实了。倘若操之过急，使学理与实行，双管齐下，则实行所招的反动必为传播学理的障碍。安诺德这番话是着眼英国人而对症下药，因为英国人太偏重实行，太藐视学理了。

观此可知安诺德所谓批评，涵义甚广。凡科学哲学政教风俗都在批评范围以内。后来他著了一部《文化与乱政》（Culture and Anarchy）就是专批评英国的政教习俗。他的文化定义大旨是这样："文化目的在趋赴完美，其方法则在求于世间关于人生事项之至理名言都能洞悉周知，然后以其所知，造成新颖自由的思想潮流，以清洗吾人成见积习。"这个文化定义差不多和《批评论文》集里的批评定义完全相同。所以在安诺德看来，批评就是传播文化。文化是从新思潮中所得的"和谐与光明"（Sweetness and light），而此中所需工作就是批评。

批评涵义既如此其广，批评家所应有的修养准备就不是易事了。依安诺德说，批评家应该精通希腊文，拉丁文和一种东方古代文字。本国的文学固然应该知道清楚，另外还要至少熟悉一种重要的外国文学。这种外国文学愈与本国不同，愈有用，因为参观互较，易见优劣。英人具有极强的岛国性，常轻视他国文化，尤其是在安诺德的时代。安诺德生平所汲汲皇皇的就是指出英人的缺点，引诱他们注意外国文化。他说，英国批评学者所应该研究和传播的是外国思潮，至于英国自己的文化，英国人很能"敝帚自珍"，用不着再去铺张扬厉。《批评论文·第一集》里面的文章尽是介绍外国学者，如海纳（Heine），斯宾纳莎（Spinoza）犹伯尔（Jubert）安东大帝（Marcus Aurelius）等等。其中没有一篇专门讨论英国著作。

他虽是只谈外国文学，而着眼却仍在英国文学，他处处留意比较外国文学，以映照出英国文学的缺点。比方他在《法国学院在文学上的影响》那篇论文里，比较英法两国的国民性与文学优劣，就说得很中肯。法国学院成立于十七世纪初，在法国算是最高学府。会员名额限定四十人。在学术上真有大建树的人才能被选入院，所以法国学者以入选为最大荣誉。凡是会员著作常经全院会员审定，才出版。凡是书藉一经法国学院审定，便声价十倍，所以非会员也往往进呈著作，请求审定。此外院中会员又常分工研究古今名著，发行论文。他们对于国语的标准也极力注意厘定。开全院会议讨论如果没有解决，就特别组织委员会去研究，其审慎可想而知。因此，法国学院成为学术界的掌权衡的机关。各种学问都赖他们定标准。他们有左右舆论的能力，无形中一般法国人的文学见解都受法国学院指导。学术上因而有公是公非。安诺德也是极力主张学术应有中心和标准的，所以把法国学院的制度介绍给英国人知道。但是他又预料这种学院决不能在英国成立，纵使成立，也决难收好效果，因为英法两国的国民性根本不同。英国人魄力（Energy）有余而智力（Intelligence）不足，法国人智力有余而魄力不足。英国人笨滞，法国人灵活。英国人重力行，不欢喜分析学理，法国人对于事理锐敏精审，锱铢必较，容不住丝毫苟且。英国人只在道德方面有所谓良心（Conscience），而法国人则于理智方面亦具良心。

(Intellectual conscience)。因为有理智的良心，法国学院所以成立。英国人因魄力强，重视自由，所以不乐有学阀束缚。凡诗尚魄力，散文尚清醒；诗尚自由想像，而散文尚精确推理；诗尚天才而散文尚规律。学院虽能保存规律，而对于天才则不免约束。法国有学院而英国无学院，所以法国以散文胜而英国以诗胜。

安诺德生平最大目的在攻击非利赛人。“菲利赛人”这个名词是德国诗人海纳创用的，而流行于英文中则从安诺德起。所谓菲利赛人是愚而好自用的人，是头脑顽钝，新思想不能渗入的人，是一味反对自己所不懂得的学理的人，是道听途说，不穷其究竟的人。安诺德所下的定义是“光明骄子与思想功臣的仇敌。”他把英国人分成上中下三级。上级是“蛮方人”(Barbarians)，安富尊荣以外，别无他求；中级就是菲利赛人，饱食终日，无所用心，以为天地间只有英国的文物政教是好的，用不着再谋进步；下级本也可以叫做菲利赛人，为区别起见，安诺德称他们为庸俗人（Populace)，他们的特点在“行其所安”（Doing as one likes）不顾全局。这三级的公同点是安常守旧，思想不灵活。英国人何以这样缺乏灵活的智力呢？安诺德归咎于过分的犹太化（Hebraised)。中国学者从来好讨论知与行的关系，这个问题在西方也是一个辩论的焦点。英国人看重行不看重知，安诺德则看重知不看重行。他把西方文化分成希腊主义（Hellenism）和犹太主义（Hcbraism）两个成分。这两个成分根本不同：希腊主义重知，犹太主义重行；希腊主义重学问，犹太主义重道德；希腊主义求识觉之自由生发（Spontaneity of conscicusness），犹太主义守良心之谨严（Strictness of conscience）；希腊主义以世间极恶为蒙昧（Ignorance）犹太主义以世间极恶为罪过（Sin）。总此诸因，犹太主义产生世间极虔诚的宗教，希腊主义产生世间极灿烂的哲学。安诺德以为文化在趋赴完美，希腊主义与犹太主义不可缺一，缺一则流于畸形发展。盎格鲁萨克逊民族都偏于犹太化，缺乏希腊化。英国固然，美国亦复如是。法国学者越兰（Renan）批评美国说："像美国一类的国家盛倡普通教育而无郑重的高等教育，将来智力平凡，习俗劣陋，精神肤浅，普遍学问缺乏，必贻无穷之后悔。"安诺德引这段话，谓为知言。一言以蔽之，英美都难免为菲利赛气所征服，非极力提倡希腊主义。而这种责任就是批评学者的责任。

《批评论文·第一集》以一八六五年出版。到一八八八年他又出了一部《批评论文·第二集》，第一集所载的是广义的批评，大半讲欧洲思潮和学风，第二集所载的是狭义的批评，专讲文学，其中除《托尔斯泰》，和《亚米儿》，（Amiel）两篇以外，都是讨论英国诗人，如《密尔敦》，《格雷》，《溪兹》，《华兹华司》，《摆伦》，《雪莱》，等篇。第一篇为《诗学研究》，（The

Study of Poetry）最为重要。在这篇文章里安诺德提出一种衡诗的标准。他说衡诗最难免除两种错误。第一是历史的错误（Historic fallacy）。一篇诗在文学发达史所占位置或颇重要，而就诗论诗，不必是一篇杰作。学者往往把历史的重要和诗的本身价值混为一谈，就犯了历史的错误。（比如《柏梁》章开中国联句倡和之始，以历史的眼光去看，这诗很重要；而就诗论诗则实无足取。）第二是私见的错误（Personal fallacy），人人都有偏见和癖性，阿其所好，伐其所异，就犯了私见的错误。比如约翰生自己是保皇党，论密尔敦便不免攻击他的革命主张，自己是古典派，论格雷便不免厌恶他的浪漫色彩。大约批评古人最易犯历史的错误，批评近人，最易犯私见的错误。要免除这两种错误，安诺德提出所谓“试金石主义”（The Touchstone Theory）。通常试金的质，以试金石摩擦之，看它的痕纹如何。安诺德以为鉴别诗的优劣也要有一种试金石。这种试金石是什么呢？就是大诗人的名句，他从荷马，但丁，莎斯比亚，密尔敦诸人作品中选出几段实例。遇着一首诗，拿它们来比较，就可以见出高低。所比较的诗尽管风格性质完全不同，但是如果是上品诗，一定都含有同样的“高度严肃”（High seriousness）。他拿这种眼光去评英国诗人，只取莎斯比亚和密尔敦数人，像乔叟（Chaucer）竺来敦（Dryden）博恩司（Burns）一般人都被他指摘了。我在上面说过，安诺德因受牛津的影响而过信权威，他的“试金石主义”就是一个例证。这种主义固然含有若干真理。但是文学是创造的，新的作品和古的作品总不免各具特殊风格，难相提并论。古人名句究竟能做衡诗的标准么？我们总不免怀疑。

《批评论文集》和《文化与乱政》两书以外，安诺德尚著有《论翻译荷马》（On Translating Homer）与《塞尔惕民族文学研究》（Study of Celtic Literature）诸书。但在批评学史上的位置，这些宏篇巨制还不如他在一八五三年做的那一篇寥寥数千言的《诗集序》（Preface to Poems 1853）在这篇序里他反复推论做诗选择材料的问题。

西方文学史上一句大悬案就是材料（Matter）与形式（Form）孰为重要。从亚里斯多德至十八世纪，学者都以为伟大作品必有伟大事迹做材料。这种主张证之文学史的前例也不无根据。从前最好的史诗和悲剧都是叙述伟大人物的伟大事迹。到了十九世纪，浪漫主义风行，诗人乃推翻前说，以为任何材料须经艺术家熔铸，赋以特别形式以后，才成艺术。所以艺术之所以美，在形式不在材料。小题目也可以做出大文章来。

安诺德是一个站在浪漫主义潮流中而崇奉古典的人，以为诗人第一任务就在选择可歌可泣的伟大事迹。人类有几种根深蒂固的基本情感，与生俱来，与生俱去，不随时代变迁，也不随境遇变迁。诗人要能感动这种情感，才有永久性与普遍性。无论古今中外，无论智愚贤不肖，都能领略它，欣赏它。所谓伟大事迹就是能感动基本情感的事迹。希腊大诗人都能抓住伟大事迹，所以他们的著作到现在还是一样惊心动魄。读希腊悲剧或史诗，斟字酌句，不必有何奇特，但他们所生的总印象（Total impression）是不可磨灭的。上乘文学作品的佳胜处都在总印象而不在一章一句的精炼。近代文学家不能抓住要点，只于形式方面做雕刻的工夫，所以拆开来看，虽是琳琅满目，美不胜收，而合观其全，则所得的总印象甚为淡薄。比方溪兹的《丁香花盆》（Isabella. or Pot of Basil）一首短诗里所含佳句比苏菲克里司悲剧全集还要多，而论诗的价值，则苏菲克里司比溪兹不啻天壤悬殊。安诺德说这全是由于古人注意全局（Whole），今人注意部分（Parts），古人力求伟大事迹，今人力求美丽辞藻，古人目的在激动基本情感，今人目的在满足飘忽的想像。安诺德力劝初学者多读古人名著。寖馈既久，便自能于无形中吸收其神韵，浸润其风格。近代作品多未经时间淘汰，好比衣服样式，只是一时新，过时便沈到败纸堆里去。在这种著作中费时间，不特徒劳无补，而且走入迷途，到结局只落得头晕目眩。

安诺德虽不绝对主张伟大事迹须从历史上搜求，却深信选历史的事迹比选近代的事迹较易抓住永久的普遍的情感，不至于为一时飘忽的风尚所迷惑。选过去史迹作文学材料，难在不易明了古代生活习惯。安诺德以为这也无妨，因为诗人所描写的是在内的永恒的情感，而生活习惯只是外表的常时变化的。

——（原载《东方杂志》第二十四卷十四号）

柏腊图的诗人罪状

一

在柏腊图写书的时候，——纪元前第五第四两世纪的交界——希腊文学的黄金时代已成过去，不但荷马是年淹代远，就是最后的一位悲剧家幽锐皮底斯也已长辞人世。他所处的是希腊的哲学时代和散文时代。在那时候哲学家已逐渐把他们的兴趣从宇宙本原移到社会人事方面去，诗和其他艺术也逐渐成为研究的中心点。

大凡文艺思潮的发生和转变，都在文艺本身的固定风格刚受动摇之后。在风格固定时，人们习以为常，无反省的必要。到它受动摇时，维新者攻击，守旧者辩护，于是文艺批评和理论才渐露头角。柏腊图的时代是希腊文学激变的时代。希腊作家的固定风格已被幽锐皮底斯摇动。幽锐皮底斯是古典时代的浪漫主义者。他第一个人离开神权来研究人性，离开道德教训来讲艺术，离开“文言”来用“白话”，离开雅典的陈规来接受外来的影响。当时抱“世道人心之忧”者看到这种激变，都惵惵危惧。喜剧家亚里斯多芬在他的《群蛙》里，拉幽锐皮底斯到阎王面前去受审判，加他的罪名是“伤风败俗”。柏腊图也和亚理斯多芬一样地有“世道人心之忧”，不过他的看法却根本不同。

古希腊人是一种大矛盾，柏腊图尤其是矛盾中的矛盾。我们现在看古希腊的神庙，石像，浮雕，壁画，陶器种种艺术杰作，都想像古希腊人是一个最爱美而且最富于审美力的民族，于美的创造和欣赏之外似乎别无营求。十九世纪后半期许多作家心目中的古希腊人就不过如此，像他们自己一样，自封在象牙之塔里唱“为艺术而艺术”的高调，但是世间似乎没有一个民族比古希腊人更实际，更不相信美有独立的价值。在他们的语言中，“美”和“善”都只用 Karos 一个字，仿佛说，离开“善”就无所谓“美”，古希腊人看重荷马和其他诗人，并不是因为他们能说漂亮话，而是因为他们能宣教垂训，有益世道人心。亚理斯多芬攻击幽锐皮底斯，就因为他放弃了这种传统的信念。

柏腊图的思想似乎是革命的，而实在还是传统的；似乎是革命的，因为他根本否认诗人有宣教垂训的功能；实在还是传统的，因为他像当时人一样，相信文艺的价值应从伦理的和政治的观点去评判。诗歌音乐对于世道人心的影响何如呢？在良好政治之下，它们应该占什样地位呢？这是古希腊人的紧要问题，也是柏腊图的紧要问题。

柏腊图著书全用对话体，主宾互诘，以浅喻明深理，一层深似一层地逼入问题中心。他的奇思妙语，极近于诗，所以在哲学家中他是一般诗人所最爱读的；但是他在建造理想国时，却把诗人们一律驱出国门之外。这个大矛盾永远叫后人惊异。他究竟是爱护诗还是反对诗呢？说他爱护诗，我们在他的著作中可以找出证据来；说他攻击诗，我们在他的著作中也可以找出证据来。他是有名的滑稽者，我们拿不稳他所说的哪些是真话，哪些是笑话，因此，他的书看起来是那样容易，研究起来却十分困难。似是而非，似庄而谐，似矛盾而非矛盾，柏腊图的读者常被这些花样闹得神智不清。

概括地说，柏腊图的文艺思想经过三次变迁。早年他着重诗的灵感，把诗人和哲学家看得同样重要，以为人生最高目的，在揭开幻相，观照纯美。中年他变更主张，以为诗与其他艺术都仅能模仿世间的幻相，不免蒙蔽真理，摇惑人心。晚年他又稍和缓，主张有条件地让诗存在。但是总观他的全部思想，他对于诗人的态度始终都存有几分仇视。

二

柏腊图的艺术观是从他的全部哲学推演出来的。他的哲学以“理式”（Ideas）为中心，所谓“理式”就是名学家所说的共相。比如白人之“白”白马之“白”和白玉之“白”都是“共相”或“理式”，至于这匹马这个人或这块玉的可指点的“白”是“殊相”。“共相”似心理学家所说的“概念”而实非即概念。概念是心灵活动的产品，共相和理式则有独立的客观的存在。殊相是个体，共相是类性；殊相可以感官去经验，共相是感官所经验不到的，必须藉理智才能了解。依柏腊图看，经验界无真理，一则因为经验所用的感官粗疏不可靠，不能做发见真理的工具，二则因为殊相变化无常，在此时此地为真，换到另一时另一地即失其为真。我们感官所接触的现象世界如梦中形相全是虚幻，只有共相或理式长存不变。比如雪的“白”可以消化，而“白”一个理式则无时间性或空间性，它永远可以应用在凡可以叫做“白”的事物上去。所以唯一的真实世界就是理式世界。

现象世界和理式世界有什么关系呢？依柏腊图说，理式世界是本体，现象世界是影子；或则换一个比喻，前者是原迹，后者是一个不完善的钞本。我们以耳目诸感官接触这个世界，好比一个囚犯锁在一个黑岩洞里，看到背后堤上行人所射在面前岩壁上的影子，我们以影子为真理，其实这影子是由我们看不见的行人所射来的。

真理——即理式世界——究竟如何可以知道呢？柏腊图相信灵魂不朽，可离开肉体而独立。在未附肉体以前，灵魂都浸润在理式世界里，无粘无碍地直接观照至善纯美，享受神仙的极乐。既附肉体之后，灵魂从理式世界“下凡”，才为肉体所蒙蔽，把幻相误认为真理。灵魂在感官世界所负的罪累可以带到理式世界里去，经过无数轮回灾劫的洗炼，才可复原到精纯状态。灵魂在理式世界里所见的至善纯美也可以带到感官世界里来，所以它虽然受肉体蒙蔽，仍能回忆前生在理想世界里所见到的至善纯美。但是回忆自然没有目见清楚精确。各人的回忆力有强弱的不同，所以回忆起的真理有多少精粗的分别。回忆的障碍就是肉体。如果要能回忆前生所见的真理，须揭开肉体的蒙蔽。一般人没有这副本领，有这副本领的只有大诗人，大哲学家和真正的恋爱者。所以诗人和哲学家根本不是两种人，他们所企求的也根本不是两种事，都是要揭开肉体的蒙蔽去逼视理想世界的至善纯美。

揭开肉体的蒙蔽去逼视理想世界的至善纯美，一旦豁然大觉大悟，这种心灵状态就是柏腊图所说的“灵感”（Inspiration）。灵感之来，有时由于神的恩惠，也有时由于人的修养。柏腊图在《席上对话》（Symposium）

和《斐竺拉司》（Phaedrus）两书里说明这种修养所应经的步骤。他以为诗人和哲学家都是沿着灵魂探险的路径，朝理想世界的至善纯美去进香。他们在灵感来时，仿佛为神灵所凭附，如患癫狂。没有达到这种境界，就不能成为诗人。《斐竺拉司》第二四四节有这一段话：

有一种癫狂症是诗神激动起来的。它占住一个纯美的心灵，在那里煽起狂热，引起诗的节奏，使它歌咏古英雄的丰功伟绩来教导后人。如果没有这种诗人的狂热而去敲诗神的门，无论是谁，无论他的艺术有多高，他和他的诗必永远被诗神闭门不纳。

在《伊奥恩》（Ion）里，这种“灵感”说发挥得更透辟。伊奥恩是一位相当于近代说书家和演戏家的“唱演者”，苏格腊底告诉他说：

你演唱荷马的诗如此精工，并非因为你有一种艺术，是因为一种像磁石的神力或灵感在鼓动你。磁石不仅能吸引许多铁环，而且能传吸力给这些铁环，使它们吸引其它铁环，所以有时许多铁环和铁质物藉一块磁石的力量，能挂在一起成一串长链子。诗神传灵感给诗人，诗人又把它传给别人，展转相传，于是这股灵感把许多心灵系成一个长链子，也就像一块磁石的吸力把许多铁环维系在一起一样。凡是大诗人没有因为谨守艺术规律而达到最高境界的，他们都在灵感鼓动时才做成美丽和谐的诗，好像暂时被一种外来的精灵依附着。……上帝似乎有意要把一切诗人们预言家们和星相家们的理智都一齐丢开，使他们在迷狂状态中作他的信使和舌人。我们听众应该知道诗人们吟出那样珠玑似的字句，是在精灵依附的时候，他们是代上帝说话，并非说自己的话。

这段话有三点可注意。第一，柏腊图很看重诗人。诗人作诗是藉灵感而不藉艺术。在灵感中诗人是上帝与人类中间的传译者，诗是上帝所启示的智慧，其价值自然不让于哲学。第二，柏腊图从文艺方面看到人类精灵的不朽。诗是精灵的表现，读者把这股精灵由一传十由十传百以至于无穷，不同时不同地的同一首诗的读者藉这首诗把他们的心灵联成一气，好比磁石传吸力于一长串铁环一样。这个“精神上的种族绵延”说，柏腊图在《席上对话》里发挥得最详尽。一个男人选一个美女子来爱，实际上只是要付托一个阳性精虫给她，让她滋养发育，把种族绵延下去。哲学家和诗人们也选出心灵幽美的青年来爱，用意就在把自己的精灵智慧付托他们，请他们如女人孕育婴儿似的把它孕育遗传给后代。第三，柏腊图在这里不把诗看成一种艺术，以为它是艺术以上的事，纯藉灵感而无待于人力。他后来在《理想国》里所攻击的诗并不是灵感的诗而是艺术的诗。在他的哲学中“诗”字原来有两种意义：一是灵感的表现，一是模仿的产品。他拥护前一种意义的诗，攻击后一种意义的诗。

三

柏腊图的最大著作是《理想国》。这部书原来是一部适用于理想国的宪法或建国大纲。它分十卷，最后一卷就专讨论诗的本质和功用。这是一篇最雄辩的诗人罪状，话说得有趣，道理也不像一般人所想像的那么错误。近代两位最有力的思想家——卢梭和托尔斯泰——都狠明显地受柏腊图的影响，但是他们攻击近代欧洲文艺的言论都没有《理想国》卷十那么澈底，那么动听。所以这部书值得我们熟读深思。

柏腊图攻击诗，并非由于他不爱诗。他对于诗实在笃好，所以知道它的影响伟大。在他看，这种影响是有害的，人生要道就在以理智驾驭情感所以他不能因为爱好诗就宽容它：

说句知心话，你可别去报告悲剧家和其他诗人们。他们的模仿实在容易淆乱听众的知解。……我不能不说出，虽然我从小就敬爱荷马，说出来不免有几分歉意。他是一个最伟大的悲剧诗人。但是我敬重一个人不能胜于敬重真理，心理怎样想，口里就怎样说。

那末，我们就来听他说。他提出两大罪状来攻击诗人。第一个罪状是从哲学观点，在诗的本质看出来的；第二个罪状是从政治和教育观点，在诗的影响看出来的。

诗的本质可以一言以蔽之，它是“模仿的模仿”。我们在上文已说过，柏腊图哲学中有两个世界，一个是纯理的“理式”世界，一个是感官经验的现象世界。现象世界只是“理式”世界的“模仿”，拓本或幻影。诗人和艺术家所模仿的是哪一种世界呢？柏腊图毫不迟疑地答道，他们都根据感官所经验的个别事物，所以只模仿现象世界。现象本身已是“理式”的模仿，拓本或幻影，艺术既模仿现象，所以只是“模仿的模仿”，“拓本的拓本”，“幻影的幻影”。现象和真理已隔一层，诗和艺术就要和真理隔两层了。

举一个实例来说，木匠制床，都要先明白“床之所以为床。”这就是床的“理式”，木匠只能造个别的床，却不能造一切床所公有的“理式”。这“理式”的创造者便是上帝。画家所画的床以木匠所造的床为根据，模仿随时随地不同的床的外貌，不是模仿随时随地皆然的床的本质。床有三种，上帝造的，木匠造的和画家造的。木匠模仿上帝；画家则模仿木匠，而且并不能像木匠造出可用的床来，只能画一个床的样子。木匠对于造床还有一些技巧知识；画家虽能画床，却没有这些技巧知识。所以要知道造床，我们应该请教木匠，不能请教画家。同理，诗人虽能描写世间种种技艺和做人的方法，他对于这样东西实在是外行。

那末，荷马谈战争，将略，政治，教育之类高贵事业时，我们应该质问他一声："亲爱的荷马，假如你没有和真理隔着两层，假如你不仅是一个抄袭外貌者或模仿者，请问你曾经替哪一国改良过政府，像来克噶司改良斯巴达，和其他政治家改良许多其他城市一样呢？哪一国称呼你是它的立法者，是它的恩人，像意大利和西西里称呼卡克达司，我们雅典称呼梭罗一样呢？谁称呼你是立法者，请说来"！

这一声质问其实就是向诗人宣教垂训一个传统的信念挑战。人生的最高目的是真理。如果想知道真理，我们应该请教哲学家，不当请教诗人，因为诗人是模仿者的模仿者，和真理隔着两层。一般以为诗人特别智慧，是一种迷信。苏格腊底在《自辩》里说他遍处寻比他自己聪明的人，也曾寻到诗人的门口，但是发见诗人不仅对于一般事物是茫无所知，就是对于他自己的诗何以美妙，也往往说不出理由来。

柏腊图责备荷马的话另外还有一个重要的意义。他说“与其做赞扬英雄的诗人，不如做诗人所赞扬的英雄。”这就是像爱皮克腊司（Epicurus）所说的“哲人与其写诗，不如在诗里生活，”或则说，与其以语言来表现诗，不如以生活来表现诗。柏腊图未尝不能欣赏诗，但是他以为生活是一种更重要的艺术，一个美满的生活才是一首真正的诗。来克噶司和梭罗所制定的法律就是他们的诗，荷马在诗里虽然谈到法律，究竟没有替哪一国制定法律，比上述两位希腊大立法者终逊一筹。

柏腊图所举的第二个罪状是从政治教育观点，在诗的影响中看出来的。诗是一种模仿，无论就诗人自己或是就听众说，它的影响都非常危险。就艺术家本身说，每个人才力都有偏向，想件件都会做，结果往往没有一件事做得好。比如悲剧家不一定能演喜剧，善理事者不一定能做文章艺术家要模仿每行手艺，所以不能有专长；他要模仿各种各样的性格，结果自己的性格变成狠软弱不定。比如常仿模疯人，久之习惯成自然，举止动静就难免现出疯人的模样了。所以柏腊图竭力反对理想国的执政者学习任何模仿的艺术，尤其是演戏。

从听众的观点看，诗的影响更坏。人性有三大成分，最高是理智，其次是情感，最下为欲望。情感和欲望受节制于理智，才能有德行，也犹如在一国之中，工商人和军人受节制于哲学家，才能有正义。一般民众的理智都狠薄弱，不能镇压情感。诗人们就逢迎人类的这个弱点，专拨动情感，放弃理智。情感愈受刺激，刺激的需要也就愈迫切，久之成为一种痼癖，愈难受理智支配。比如人性中本有哀怜癖和感伤癖，悲剧就利用这种弱点来打动观众。在《理想国》里苏格腊底告诉格兰康说：

我们在愁苦时，常想痛哭流涕以发泄忧郁，这种自然倾向平时都被理智镇压住，但是诗人偏要设法满足它，我们平素没有让理智或习惯把性格中善的部分发展完美，所以对于哀怜感伤失其防闲，任它恣肆，因为痛苦究竟属于他人。我们心里想：听一个人申诉他如何善良，如何不幸可怜，就因而赞赏他，哀怜他，也并不是一种羞耻；而且这种经验常带着快感，我们又何必牺牲这种快感和引起这种快感的诗呢？但是我们不想到别人的坏事往往连累到我们自己，我们先拿他人的痛苦来滋养自己的哀怜感伤，后来临到自己痛苦时，也就不免和他人一样，不能以理智控制情感，对于自己的痛苦便哀怜感伤了。

柏腊图以为人要有丈夫气，遇着痛苦便哀怜感伤，无论是对人对己，都是可耻。所以他反对培养哀怜和感伤的悲剧。至于喜剧也是犯同样的毛病。

你看喜剧或是听人开顽笑时，你平时所羞说的话和所羞做的事，出诸他人，你就不嫌它村俗，反而觉得愉快。这不是和看悲剧是同样心理么？人性中本也有谑浪笑傲的倾向，平时你用理智把它镇压住，因为怕人说你是小丑。现在看喜剧，你让这个倾向尽量发展，结果就不免染上小丑的习气。

柏腊图由哀怜感伤笑谑推广到其他情感，把它们一笔勾消去。

再如性欲，忿怒等情感以及一般欲望，快感和痛感都是如此。诗不消除它们，反而灌溉它们，滋养它们，使我们受它们支配。如果我们要享幸福，应该能支配它们。

因为这些缘故，柏腊图以为诗对于世道人心有大害。他尤其反对荷马。他以为一国要强盛，人民须有中心信仰。希腊人的中心信仰是神和英雄。神和英雄都是完善的模范，所以人们景仰他们，效法他们。荷马把神描写得和人一样，放僻邪侈，无恶不作；把英雄也描写得和常人一样，不能以理智驾驭情欲，像阿岂理司的骄横，残酷，贪婪都和英雄的理想相差甚远。这样破坏国民的中心信仰，就无异于危害国家的命脉。希腊人尊荷马为大教育家，柏腊图要极力打破这种信念。苏格腊底警告格罗康说：

你如果遇到荷马的信徒们赞扬他是希腊的教育者，说他对于风化有裨益，说人们对于他的诗应该熟读深思，应该在他的诗中寻求言行的标准，你对于说这番话的人们不妨表示敬爱，——就他们的智力范围而论，他们本是一班好人——你不妨承认荷马是最大的悲剧诗人，但是你心里要有坚决的把握，除非是诵神诗和赞美名人的诗，你都莫准任何诗在国里流行，如果你让口有蜜似的诗神进来，无论她是叙事或是抒情，你的国家的主宰就是快感和痛感，而不是大家公认为最好的法律和理性了。

这两大罪状提出之后，柏腊图替诗人们洒上香水，带上桂冠，向他们说了一套客气话，就把他们恭恭敬敬地送出理想国的境外去了。

柏腊图在晚年著了一部书叫作《法律》。这里他所计划的也还是一种理想国，不过比较平易近人；对于诗的态度也比较从前宽容。他承认诗神是上帝差遣来救济人类弱点的，诗歌音乐跳舞不可完全抹杀，因为人生来就需要活动，爱好节奏。不过他仍以为艺术的最高目的在教人为善。如果艺术违背这个目的，就应该受法律禁止。埃及雕刻沿用一种固定风格到数千年之久，最为柏腊图所称赞，他以为诗也应该如此。他主张制定三种乐歌，以备少年中年老年三种人用。少年人用的诗歌应该绝对纯洁，年纪愈大愈需要兴奋剂，所用的乐歌也应逐渐参加激发情感的成分进去。如果依这种主张，理想国所应有的诗大概像近代耶苏教会所用的诵神诗，由国家制定颁布给人民。

四

柏腊图自己说过，他的理想国是替神人们和神人的儿子们建设的，所以在他的建国方略里我们处处遇见不近人情的严肃。在《法律》里他说："上帝如果允许我，我还想计划一个第三种理想国"。《法律》所描写的第二种理想国已比第一种理想国较近于人情。可惜第三种理想国没有动手写，柏腊图就死了。我们可以想像到他在第三种理想国里也许更把眼睛放低些，诗人们在那里也许可以占比较荣耀的位置。他在"理想国里"驱逐诗人出境之后，对于诗不是似乎还有几分留恋么?

话虽如此说，我们还得向诗神声明一句：如果她有理由自辩，证明她应该留在理想国里，我们也狠情愿欢迎她回来。我们也狠知道她的魔力，只是不愿让她的魔力蒙蔽真理。格罗康，你不是和我同感，觉得她，尤其是在她凭依荷马的时候，觉得她真有一种迷人的魔力么?

看到这种依依不舍的情形，我们可以想像到柏腊图终于把诗神的缘分一刀割断，是经过强烈的精神挣扎之后所下的决心，我们在这里也无须接受他的挑战，来替诗神写一篇辩护，因为从他的弟子亚里斯多德起一直到现代，替诗神向柏腊图答辩的人们已不知其数。

稍知艺术本质的人们都知道柏腊图所提出的第一罪状不能成立。他的错误在把诗和艺术完全看成“模仿”的。“模仿”的字义在古希腊文中本极暧昧，在亚理斯多德的《诗学》中它几乎与“表现”“创造”同义，不过柏腊图把它看成忠顺的钞袭。依他说，做诗如作画，作画如近代的照像，只摄取事物的外貌：

任何人都可以用一种方法去制造一切事物。……最捷便的方法是拿一把镜子向各方旋转。镜子转时，你就把天，地，星辰，你自己，植物，动物，器皿等都制造在镜子中了。……但是这只是制造外貌。

古希腊无照像术，但是柏腊图所指的就是近代的照像术。他以为画家和诗人制造外貌，也就像拿一面镜子向各方转动摄取事物的形影一样。他完全没有顾到艺术家的创造，忘记画家和诗人所模仿的并不是事物的本来面目，而是他们自己眼中所见到和心中所觉到的事物。事物先须由艺术家的心里打一个弯，才外射出来成为作品。在这一打弯中，它们就要在想像和情趣的炉中熔铸一过。这种熔铸就是“创造”或“理想化”。柏腊图的艺术观是一种极端的写实主义，我们都知道，极端的写实主义是反艺术的。

至于诗与真理问题，亚里斯多德说得最中肯：

> 诗人的任务不在描写已然之事而在表现当然之事，这就是说，合于必然律与或然律的事物。……诗比历史还更严重更哲学的，因为诗表现公理（共相），历史只记载事实（殊相）。

这就是说，诗自有“诗的真理”，其中事变相承，虽无历史的真实，却有内在的必然性。“诗的真理”容许臆造，而臆造却须入情入理，使人忘其为臆造。拿名学来说，诗是一种假言判断。假设 A 为真，则 B 于理亦不得不真。凡是名学家都知道，假言判断的必然性比“A 为 B”式的定言判断还更牢不可破。

其次，稍知心理学和美学的人们也知道，柏腊图所提出的第二罪状更难成立。他没有把文艺和道德的界限分清，硬拉道德的标准来判断文艺的价值，这种错误已经康德柏格荪克罗齐诸近代哲学家指出，我们无须复述。再说柏腊图的极端的理性主义也与心理学的证据大相冲突。情感是与生俱来的，本身并不是一种坏东西。凡是健全的人生观都应着重人性的多方面的自由的调和的发展。柏腊图和清教徒一样，想用一部分人性（理智）去压抑另一部人性（情感欲望），纵使这种压抑能成功，结果也是一种残废或畸形的发展。何况近代心理学已经明白地证明这种压抑政策是一切心理病态的原因呢？情感本来需要发泄，忌讳郁积，文艺的功用也就在给情感一个自由发泄的机会。这个道理亚理斯多德就看得很清楚，所以他下悲剧定义时，特别着重它发散哀怜恐惧等情绪的功。用艺术的影响实在有益于心理健康，不像柏腊图所说的那样可怕。

柏腊图的学说操之过激，是无可疑的，不过我们如果忘记他的时代和他的特殊目的，完全拿近代人的眼光来批评他，也未免欠公允。他所处的时代是希腊文学衰替的时代，也是希腊神道教和英雄主义崩溃的时代。他推求当时风化颓废的原因，以为诗应负一大部分责任，所以毅然把它一笔勾消去，虽然他自己也很知道诗的魔力伟大，同时，我们也不要忘记柏腊图的时代是文学与哲学的代谢时代。他自己是哲学家，以为真理本只是哲学家所能寻求的，已往希腊诗人以教人明真理相号召，实在是冒牌擅权。他在《理想国》卷十里，仿佛站在哲学家的地位，替哲学党向文学党争政教权。他的话有所为而发，所以不免偏激。

无论柏腊图的话错到什么地步，他抓住了文艺上的根本问题，这种功劳是不可泯灭的。这个问题就是文艺与人生的关系究竟何如。过了两千余年后，我们看见卢梭和柏腊图一样想，托尔斯泰也和柏腊图一样想。他们三位都不是对于文艺无研究的人，也都不是可轻视的思想家。在不同的时代与环境，他们达到同样的结论。这件事实应该使我们对于文艺与人生的问题多迟疑，多考虑，不要轻于接收近代形式派美学和“为文艺而文艺”号召者的片面的意见。

（原载《文哲月刊》）

诗人的孤寂

心灵有时可互相渗透，也有时不可互相渗透。在可互相渗透时，彼此不劳唇舌，就可以默然相喻；在不可渗透时，隔着一层肉就如隔着一层壁，夫子以为至理，而我却以为孟浪。惠子问庄子："子非鱼安知鱼之乐?"庄子反问惠子："子非我安知我不知鱼之乐?"谈到澈底了解时，人们都是隔着星宿住的，长电波和短电波都不能替他们传达消息。

比如眼前这一朵花，你所见的和我所见的完全相同么？你所嗅的和我所嗅的完全相同么？你所联想的和我所联想的又完全相同么？"天下之耳相似焉，师旷先得我心之所同然者"。这是一句粗浅语。你觉得香的我固然也觉得香，你觉得和谐的我固然也觉得和谐；但是香的，和谐的，都有许多浓淡深浅的程度差别。毫厘之差往往谬以千里。法国诗人魏尔伦（Verlaine）所着重的Nuance，就是这浓淡深浅上的毫厘差别。一般人较量分寸而不暇剖析毫厘，以为毫厘的差别无关宏旨，但是古代寓言不曾明白地告诉我们，压死骆驼的重量就是最后的一茎干草么？

凡是情绪和思致，愈粗浅，愈平凡，就愈容易渗透；愈微妙，愈不寻常，就愈不容易渗透。一般人所谓“知解”都限于粗浅的皮相，把香的同认作香，臭的同认作臭，而浓淡深浅上的毫厘差别是无法可以从这个心灵渗透到那个心灵里去的。在粗浅的境界我们都是兄弟，在微妙的境界我们都是秦越。曲愈高，和愈寡，这是心灵交通的公例。

诗人所以异于常人者在感觉锐敏。常人的心灵好比顽石，受强烈震撼才生动颤；诗人的心灵好比蛛丝，微嘘轻息就可以引起全体的波动。常人所忽视的毫厘差别对于诗人却是奇思幻想的根源。一点沫水便是大自然的返影，一阵螺壳的啸声便是大海潮汐的回响。在眼球一流转或是肌肤一蠕动中，诗人能窥透幸福者和不幸运者的心曲。他与全人类和大自然的脉搏一齐起伏震颤，然而他终于是人间最孤寂者。

诗人有意要“孤高自赏”么？他看见常人不经见的景致不曾把它描绘出来么？他感到常人不经见的情调不曾把它抒写出来么？他心中本有若饥若渴的热望，要天下人都能同他在一块儿赞叹感泣，但是谁能够跟他上干九天下穷深渊呢？在心灵探险的途程上，诗人于是不得不独行踽踽了。

一般人在心目中，这位独行踽踽者是什么样的一个人呢？诗人伯朗宁（Browning）在《当代人的观感》一首诗里写过一幅很有趣的画像。误解，猜疑，谣喙是相因而至的。你看那位穿着黑色大衣的天天牵着一条老狗在不是散步的时候在街上踱来踱去，他真是一个怪人！——诗人的当代人这样想。他一会儿拿手杖敲街砖，一会儿又探头看鞋匠补鞋。你以为他的眼睛不在看你罢，你打了马，骂了老婆，他都源源本本地知道了。他大概是一个暗探。据说他每天写一封长信给皇上。甲被捕，乙失踪，恐怕都是他弄的把戏。皇上每月究竟给他多少薪俸呢？有一件事我是知道很清楚的。他住在桥边第三家，每晚他的屋里满张华烛，他把脚放在狗背上坐着，二十个裸体的姑娘伏侍他进膳。但是这位怪人所住的实在是一间顶楼角屋，死的时候活像一条薰鱼！一般人对于诗人的了解如此。

一般人不也把读诗看作一种时髦的消遣么？伦敦纽约的街头不也摆满着皮面金装的诗集，让老太婆和摩登小姐买作节礼么？是的，群众本来是道地的势利鬼，就是诗人，到了大家都叫好之后，还怕没有人拿称羡暴发户的心理去称羡他！群众所叫好的都是前一代的诗人，或是模仿前一代诗人的诗人。他们的音调都已在耳鼓里震得滥熟，听得惯所以觉得好。如果有人换一个音调，他就不免“对牛弹琴”了。“诗人”这个名字在希腊文中的意义是“创作者”。凡真正诗人都必定避开已经踏烂的路去另开新境，他不仅要特创一种新风格来表现一种新情趣，还要在群众中创出一种新趣味来欣赏他的作品。但是这事谈何容易！英国的华兹华司和溪兹，法国的波得莱尔和马拉麦，费了几许力量，才在诗坛上辟出一种新趣味来？“千秋万岁名”往往是“寂寞身后事”。诗人能在这不可知的后世寻得安慰么？汤姆生在《论雪莱》一文里骂得好：“后世人！后世人跑到罗马去溅大泪珠，去在溪兹的墓石上刻好听的诔语，但是海深的眼泪也不能把枯骨润回生！”

亚理斯多芬在柏腊图的《席上对话》里说，人原来是一体，上帝要惩罚他的罪过，把他截成两半，才有男有女。所谓“爱情”就是这已经割开的两半要求会合还原为一体。真正的恋爱应该是两个心灵的欣合无间，因此，许多诗人在山穷水尽时都想在恋爱中掘出一种生命的源泉。像莎斯比亚所歌唱的：

> 这里没有仇雠，
> 不过天寒冷一点，风暴烈一点。

但是从历史看，诗人中很少有成功的恋爱者。伯朗宁最幸运，能够把世人看不见的那半边月亮留给他的爱人看。此外呢？玛丽·雪莱也算是一个近于理想的人物了。哪一个妻子曾经像她那样了解而且尊敬一个空想者的幻梦？但是雪莱在拉波耳所做的感伤诗，却有藏着不让她看见的必要，他沉水之后，玛丽替他编辑诗集，发见了那首感伤诗，在附注中一方面自咎，一方面把她丈夫的悲伤推原到他的疾病。读雪莱的原诗和他夫人的附注，谁不觉得这美满因缘中的伤心语比蔡女的胡笳，罗兰的清角，还更令人生人世无可如何之叹呢？然而这是雪莱的错处么？玛丽的错处么？错处都不在他们，所以这部悲剧更沉痛。人的心灵本来都有不可渗透的一部分，这在恋爱者中间也不能免。

波得莱尔有一首散文诗，叫做《穷人的眼睛》，以日常情节传妙想，狠值得我们援引。我们的诗人陪着他的佳侣坐在一间新开张的咖啡店里。一个穷人带着两个小孩子过路，看见咖啡店的陈设漂亮，六只大眼睛都向里面呆望着。

那位父亲的眼睛仿佛说，“真漂亮！天下的黄金怕都关在这所房子里了”。大孩子的眼睛仿佛说：“真漂亮！真漂亮！但是进去的人们都不是我们这种人。”小孩子望得太出神了，眼睛只表现一种呆拙而深沉的欣美。

诗人们说过，娱乐能使人心慈祥。那一天晚上，这句话对于我算是说中了。我不仅被这六只眼睛引起怜悯，而且看见奢侈的杯和瓶，不免有些惭愧。我把眼睛转过来注视你的眼睛，亲爱的，预备在你的眼睛里印证同感，我注视你那双美丽而温柔的眼，注视你那双蔚蓝而活跃的，像月神所依附的眼，而你却向我说：“这般睁着车门似的大眼向我们呆望的人们真怪讨嫌！你不能请店主人把他们赶远些么？”

亲爱的天使，互相了解真不是易事，连恋爱者中间，心灵也是这样不可互相渗透！

连恋爱者中间，心灵也是这样不可互相渗透，追问其他！梅特林克说有人告诉过他，“我和我的妹妹在一块住了二十年之久，到我的母亲临死的那一顷刻，我才第一次看见了她。”这实在是一句妙语。我们身旁都围着许多“相识”的人，其实我们何常“看见”他们，他们又何常“看见”我们呢？

西班牙一位诗人说得好：“人在投胎之前就被注定了罪的。”个个人面上都蒙着一层网，连他自己也往往无法揭开。人是以寂寞为苦的动物，而人的寂寞却最不容易打破。隔着一层肉，如隔一层壁，人是生来就注定了要关在这种天然的囚牢里面的啊！

（原载《申报月刊》二卷六号，略有更改。）

近代美学与文学批评

一　欧洲文学批评史的鸟瞰

欧洲文学批评史可以狠粗略地分为三大时期：——

（一）最初是希腊时期，也可以说是文学批评的创业时期。它的极盛时期在纪元前第五第四两世纪。一方面那时期辩士说客的风气狠盛，无论是讲学辩护讼事或是宣传政治主张，话都要说得漂亮，所以一般人对于修词学极注意。当时的教育完全握在一批叫做“哲人”们（Sophists）的手里，他们所教的课程中最重要的便是修词学。因此，修词学的书藉出得顶多，其中像柏腊图的《斐竺腊司对话》（Plato：Phaedrus）和亚理斯多德的《修词学》（Aristorle：Rhetoric）到现在还是研究修词学的必读之书。另一方面，当时哲学的风气也极盛，学者对于一切问题都不肯放松，文学感人最深，自然也逃不去他们的研究范围。柏腊图在《理想国》（Republic）卷十里面从他的哲学观点痛击诗人，提出诗人的两大罪状来。第一，我们感官所接触的世界是理想（Ideas）世界的幻影，而诗又是感官世界的幻影，所以它和真理隔着两层。第二，诗以煽动情感为目的，容易使人剥丧理智。因为这两大罪状，他把诗人们一齐赶出他的“理想国”境外去。这宗弹劾案引起后来许多关于诗的争辩，亚理斯多德的《诗学》（Poetic）便是其中之一。

总而言之，希腊文学批评有两大倾向：一个倾向是偏重实用的，可以拿亚理斯多德的《修词学》一部书做代表，一个倾向是偏重学理的，可以拿亚理斯多德的《诗学》一部书做代表。《修词学》所讨论的是各种辩论的方式和各种听众的心理，它的目的在告诉我们对什样的人说什样的话才能动听。《诗学》是偏重科学态度的。它以希腊史诗和悲剧为根据，把文学分门别类，找出诸门类的异同和每门类的要素；然后再从具体的作品抽出一些原理来。亚理斯多德以后二千三百年的欧洲文学批评可以说是都在他的《修词学》和《诗学》两部书所代表的两种倾向向里绕圈子，所以他是文学批评的开山始祖。

（二）从纪元前三世纪起，经过罗马的鼎盛时代，中世纪和文艺复兴，一直到十八世纪止，欧洲文学批评都偏重《修词学》所代表的一个倾向。这二千多年中的文学批评的代表著作不过是郎吉纳司的《论崇高体》

(Longinus；On the Sublime)，浩越司的《与庇梭论文书》(Horace Epistle to Pisus) 维达的《诗学》——(Vida：Ars Poetica)，布瓦罗的《诗学》(Boileau：Art Poetique) 以及蒲伯的《批评论》(Pope：Essay on Criticism) 几部书。严格地说，这些书都只是修词学。他们的作者全是一批文人，对于哲学和科学大半没有根底。他们对于文学问题的趣味一不是哲学的，二不是科学的。它整个地是实用的。他们孳孳不辍地在讲义法，在替各种文学定出规矩准绳来，在替创作家找门径，开方剂。他们以为做诗写戏剧，好比厨子作菜或是泥水匠盖屋，都有一套父传子子传孙的家法，文学家只要知道这套家法，如法泡制，自然会制出好作品来。所谓文学批评，在他们看，也不过是一部文学上的单方秘诀。他们遇到一部作品，就拿他们心目中所定的标准来测量它，合法便是好的，不合法便是坏的。不但如此，他们读亚理斯多德的《诗学》时也还是用读他们读《修词学》所用的那一副实用的态度。《诗学》本来是归纳希腊作品而得的原理，他们却把它看成一种一成不变的金科玉律。亚理斯多德只说："我看希腊文学是如此如此"，他们却换过口吻来说："一切文学，无论古今中外，都应该如此如此"。"如此如此"就是古典主义。他们最崇拜古典，文学的成功秘诀就在模仿古典。这种态度是最不科学的。从纪元前三世纪到纪元后十八世纪，这二千多年可以称为文学批评的守成时期，或则我们把向来只用在十七十八两世纪的一个名称推广一点，把它统称为假古典主义的时期。

（三）从十八世纪后半叶浪漫运动以来，文学批评又另转到一时期，我们可以把它称为近代时期或是再造时期。从消极方面看，近代文学批评要推翻传统的陈腐的规律，要抛开浅薄的实用目的，要放弃教训作者的态度，要从就文学而言文学的窄狭圈套中跳出。从积极方面说，它要回到真正的希腊精神，回到亚理斯多德的《诗学》一部书所代表的倾向，这就是说，回到哲学基础和科学方法。近代文学批评家从柯洛芮基（Colridge）到克罗齐（Croce）都不仅是文人，他们或同时是哲学家和科学家，或对于现代哲学和科学都有相当的研究和认识。他们与假古典时期的批评家根本不同的就在他们研究文学问题，或是有较高广的哲学的立场，或是有狠严密的科学方法。我们可以说，近代文学批评已逐渐变成一种应用美学。

二　近代美学与唯心派哲学的渊源

近代文学批评有许多地方受近代美学思潮的影响。我们在这里先讲近代美学的几条基本原理，然后再讨论这些原理如何应用到文学批评上去。

美学上的派别很多，各派的见解往往不一致，但是这许多派别中有一个主要的派别，就是德国十九世纪唯心派哲学所酝酿成的一个派别。这一派的开山始祖是康德，他的重要的门徒有席洛（Schiller）赫格尔（Hegel）叔本华（Shopenhauer）尼采（Nietzsche）诸人。现代美学大师是意大利的克罗齐，他是赫格尔的门徒，他的美学仍是继承由康德传下来的一个系统。同属唯心派的美学家也往往互相争辩，但是在大体上他们却是一致的。我们现在姑且丢开枝节，把美学的主要思潮提纲挈领地来说一说。

近代美学是从哲学分支出来的。要明白近代美学的倾向，我们必先知道它和哲学的关系。从休谟康德一直到现在，近代哲学都是偏重知识论。知识论所研究的根本问题就是：我们如何知道事物的存在。这个问题引起近代哲学家注意到以心知物时的心理活动。比如我们知道这张桌子，“知”的方式是否只有一种呢？据近代哲学家研究的结果，同是一个物体，我们可以用三种不同的“知”的方式去知它。最简单最原始的知的方式是直觉（Intuition），其次是知觉（Perception），最后是概念（Conception）。再拿这张桌子为例来说：假如一个初出世的小孩子第一次睁开眼睛去看世界，就看到这一张桌子，他不能说是没有知道它，不过他所知道的和成年人所知道的绝不相同。桌子对于他只是一种很混茫的形相，它不能有什么意义，因为它不能唤起任何由经验得来的联想。这种见形相而不见意义的“知”就是直觉。假如这个小孩子在看到桌子时又看到他的父母伏在桌上写字，或是听到人提起“桌子”的名称，到第二次他看见这张桌子时，就会联想他的父亲写字或是“桌子”一个名称，桌子对于他于是就有意义了，它是与父亲写字和“桌子”两个字音有关系的东西。这种由形相而知道意义的“知”就是知觉。在这一个阶级中，意义不能离开形相，知的对象还是具体的个别事物。假如我们的假设的小孩子逐渐长大，看到的桌子越多，其中有圆的，有方的，有大的，有小的，有黄色的，有黑色的，有木制的，有石制的，有做开饭用的，有做写字用的，形形色色不同，但是因为同具桌子所必有的要素，它们统称为“桌子”。假如他能够把一切桌子所同具的要素悬在心目中去想，这就是说，离开个别的桌子的形相而抽象地想到桌子的意义，他就算是对于桌子有一个概念了，概念就是超形相而知意义的知。它是知的成熟，是科学思考的基础。

在理论上，这三种知的发展，直觉先于知觉，知觉先于概念。但是在实际上它们常不容易分开。知觉决不能离直觉而存在，因为我们必先觉到一件事物的形相，然从才能知道它的意义。概念也不能离开知觉而存在，因为对于全体属性的知，必须根据对于个别事例的知。反过来说，知觉不能离开概念而存在，因为知觉是根据已往经验去解释目前事实，而已往经验大半取概念的形式存在心里。比如我们说，“这是一张桌子”，我们是知觉桌子，同时也是在用概念，因为“桌子”是全类事物的公名，就是一个概念。因此，近代哲学常否认知觉和概念是两回事。克罗齐在《美学》里开章明义就说，“知识有两种，一是直觉的，一是名理的，（Logical）。”他所谓“名理的知识”就兼指知觉与概念而言。

据以上的分析，知的方式只有两种：名理的和直觉的。这个分别是基本的，名理的知必根据直觉的知，而直觉的知却可离名理的知而独立。这两种知的分别，像克罗齐所说的，在直觉的是对于个别事物的知（Knowp lege of In dividual things），名理的知是对于诸个别事物中关系的知（Konow ledge of therelations between them）。一切名理的知都可以归纳到“A 为 B”的公式。比如说：“这是一张桌子”，“玫瑰是一种花”，“直线是两点之中最短的距离。”“A 为 B”公式中的 B 一定是一个概念，认识“A 为 B”就是知觉 A，就是把一个事物（A）归纳到一个概念（B）里去。看见 A 而不能说它是某某，就是不明白 A，就是对于 A 没有名理的或科学的知识。就名理的知而言，A 自身无意义，它须用与 B 有关系而得意义。我们决不能在 A 本身站住，必须只把 A 当作一个踏脚石，跳到与 A 有关系的事物上去。直觉的知则不然，我们直觉A时，就把全副心神都注在A本身上面，不管它是否为某某。A在心中只是一个独立的意象（Image）而不是一个概念。A如果代表玫瑰，它在心中就只是一朵玫瑰的影子。

我们在上文说过，近代哲学的中心问题是：心如何知物？“知”的方式，分析起来不外直觉的和名理的两种。从康德以来，哲学家把研究名理的一部分哲学划为名学和知识论，把研究直觉的一部分划为美学。严格地说，美学还是一种“知识论”。美学在西文为Aesthetic。这个名词译为“美学”还不如译为“直觉学”较为精确，因为美字在中文是指事物的一种特质，Aesthetic字在西文中是指心知物一种特殊活动，其意义与Intuition字极相近。

我们在开始就着重美学和哲学的渊源，因为明白这一点，我们才能明白近代美学的倾向。第一，因为美学本来与知识论有密切关系，所以近代美学所侧重的问题是：在美感经验中我们的心理活动如何？至于“事物如何才能算是美？”一个问题还在其次。这第二个问题并非不重要，不过先知道什么是美感经验，才能知道什么样的事物可以引起美感经验，所以关于美感经验的问题较为基本的。第二，因为美学是侧重直觉式的“知”的一部分哲学，所以近代美学有抹煞概念联想诸心理活动的倾向。

三　近代美学的基本原理

近代美学最大的功用在分析美感经验。什么叫做美感经验呢？我们已经说过，“美感的”和“直觉的”是同义字。美感经验可以说是“形相的直觉”。从康德到现在，这是美学家所公认的一条最基本的原则。懂得这一条原则，我们对于近代美学就算是抓住头脑，其余支节问题就不难迎刃而解了。

什么叫做形相的直觉呢？

无论是艺术或是自然，如果一件事物叫你觉得美，它一定能在你心眼中现出一种很具体的境界，或是一幅很新鲜的图画，而这种境界或图画必定能在霎时中霸占住你的意识，使你聚精会神地观赏它，领略它，以至把它以外的一切事物都暂时忘去。这就是美感经验。在这种经验中，心所以接物的是直觉，物所以呈现于心的是形相。心知物的活动除直觉以外，我们在上文已说过，还有知觉和概念。物可以呈现于心的除形相以外，还有许多与它有关系的事项如实质，成因，效用，价值等等。在美感经验中，心所以接物者是直觉而不是知觉和概念；物所以对我者是它的形相本身而不是与它有关系的事项，如实质成因效用和价值等等。这就是美感经验的特征。

这番话很抽象，现在举一个实例来说明。

比如说你在看一棵梅花。同是一棵梅花，可以引起三种不同的态度。看到梅花，你就想到它的名称，在植物分类学中属于某一门某一类，它的形态有哪些特质，它的生长需要哪些条件，经过哪些阶段，这里你所取的是科学的态度。看到梅花，你就想起它值多少钱，有什么效用，想买它或是卖它，想拿它来点缀园亭或是赠送亲友，这里你所取的是实用的态度。科学的态度只注重梅花的实质特征和成因；除开实质特征和成因，梅花对于科学家便无意义。实用的态度只注重梅花的效用；除开效用；梅花对于实用人便无意义。但是梅花除了实质特征成因效用等等以外，是否还有什么呢？换句话说，假如你不认识梅花，对于梅花没有丝毫的知识，不知道它的种类特征，不知道它的效用，你能否还看见什么呢？这个问题是狠易回答的，你当然还可以看见叫做“梅花”的那么一种东西在那里，这就是说，你还可以看见梅花的形相。在实际上我们认识梅花太熟了，我们知道它和其他事物的关系太多了，我们一看见它就引起许多关于它的联想，就想到它的特征效用等等，以至于把它本来的形相都完全忽略过去了。通常我们对于一件事物，经验愈多，知识愈丰富，联想也就愈杂，要把它的关系一齐丢开而专去注意它的形相本身，也就愈难。老子说：“为学日益，为道日损”。这句话狠可以应用到美感经验上去。对于一件事物所知的愈多，愈不易专注在形相本身上面，愈难引起真正纯粹的美感，所得美感态度就是损“学”而益“道”的态度。比如见到梅花，把它和其它事物的关系一齐截断，把它的意义一齐忘去，使它只有一个赤裸裸的形相存在那里，无所为而为地去观照它，欣赏它，这就是我们在上文所说的，“在美感经验中，物所以对我者是形相，不是实质成因效用价值等等。”

再就心理活动来说，你看见梅花就认识它是某一种植物，就知道它在某一时候开花，有什么特征和效用，这就是明白它的意义，就是对于它有知觉和概念。上文所说的实用态度和科学态度就不外用知觉和概念两种知的活动。这都是从事物的形相本身跳到它的关系上去，从 A 跳到 B 而酿成“A 为 B”式的知识。美学上所谓直觉就是直接觉到形相本身，不从 A 跳到与 A 有关系的 B 上面去，意识完全笼照在形相本身上，不旁迁他涉，不起联想，不加思索，这就是我们在上文所说的：“在美感经验中我所以接物者是直觉而不是知觉和概念。”

在这里我们应该打消一个误解。有人听到我们否认美感经验带有任何概念的思考，一定起来反对说：要欣赏一件文艺作品决不能不先了解它的意义；要了解它的意义，岂能不用概念的思考？比如读一首诗，我们决不能马上就把他当一个意象悬在心眼前，必定先懂得诗中每字每句的意义，分析它的音韵方面的技巧，知道诗人在什么一种情境做成了它，这就是用概念的思考，这就是取科学的态度了。这番话丝毫不错，不过和我们的主旨并不冲突。我们只是说：美感的经验之前后，不能有概念的思考。读诗时用心思索分析，是美感经验的预备，而不是它的本身。对于一首诗用心研究，一旦豁然贯通，全诗的意象像灵光一现似的现在眼前，叫我们霎时间心旷神怡，忘怀一切，那才是真正的美感的经验。

同是一个道理往往有几种说法。“美感经验为形相的直觉”是克罗齐的说法。我以为这个学说比较圆满，因为它同时兼顾到美感经验中我与物两方面。就我说，美感经验的特征是直觉，就物说，它的特征是形相。这种学说发源于康德，不过康德偏重“我”一方面。依他看，美感经验是一种“无所为而为的观赏”（Disinterested Contemplation）“无所为而为”指不带实用目的，不用意志，不涉欲念。“观赏”指心领神会，不涉抽象的思考，就是克罗齐所说的直觉。真善美是三种不同的价值，就心理活动说，各有所侧重。真是科学世界的价值，侧重抽象的思考；善是实用世界的价值，侧重意志。美的世界则独立自足，不直接受善和真两种价值的支配。诗人席洛（Schiller）发挥康德的学说，以为艺术和游戏一样，是一种余力的流露，是一种自由活动，人和其他动物除应付生存竞争的需要以外，还有过剩的精力可用，才发泄于游戏和艺术。

康德和席洛的学说都侧重美感经验中“我”一方面。近代心理学家闵斯特堡（Müsterberg）曾发表一种学说，就侧重物的方面。依他看，美感经验的特征是“对象的孤立绝缘”（Isolation of object），这就是说，在美感经验中，你的意识完全为所欣赏的形相所霸占，你的心中除着这个形相以外别无所有，所以它在你的心中是孤立绝缘的。比如你在欣赏米罗爱神的雕像，你须专心致志地如鱼得水地领会那一副神采，把世界一切都暂时忘去；如果你想到它是希腊末期的作品，或是想遇到那么美的一个女人，你的注意就已经由被欣赏的形相而跳到与它有关系的事物上去，米罗爱神在你心中便不算是孤立绝缘，而你的经验也不完全是美感的了。

我们把美感经验中的我和物分开来说，只是为解释便当起见，其实我和物的分别在美感经验中并不存在，美感经验的最大特征就是物我两忘。我们只有在注意不专一的时候，才狠明白地察觉我和物是两件事。如果心中只有一个意象，我们便不觉得我是我，物是物，便把整个的心灵寄托在那个孤立绝缘的意象上，于是我和物便打成一片，我的生命便是物的生命，物的生命也便是我的生命。举一个最简单的例子来说。我们看赛跑看到聚精会神时，常跃跃欲试地跟着赛跑者跑。在平时我们何常不明白自己不是赛跑者而要跟着跑，有些可笑？但是在当时心里只有“跑”的一个意象，把自己是旁观者和赛跑者另是一个人种种事实都一齐忘去，便不知不觉地把自己看作一个赛跑者而跟着跑了。凡是美感经验都是像这样的聚精会神。比如我们看《水浒》看到武松过岗杀虎时，便提心吊胆地盼望他的收场，后来他成功了，我们和他感到同样的快慰。再比如看一座高山，我们仿佛觉得它从平地站起来，挺着一个雄壮峻峭的身躯在那里狠镇定地，骄傲地俯视一切，同时我们自己也肃然起敬，竖起头脑，挺起腰干，板起面孔，仿佛在模仿山的神气和姿态。在这个时候，我们把我和山的分别忘去，我们一方面把在我们的雄伟镇定骄傲的气概移注于山，于是山俨然变成一个人，一方面又把山的巍峨峭拔的姿态吸收于我，于是人也俨然变成一座山。这种物我同一的现象就是罗斯铿（Ruskin）所说的“情感的错误”（Pathetic fallacy），近代美学家所说的“移情作用”（Empathy）。移情作用是原始人和婴儿的看世界的方法，也可以说是诗人和艺术家的看世界的方法。因为有移情作用，无生命无情感的事物可以变为有生命有情感的。“山鸣谷应”，“云飞风起”，“海棠带醉”，“杨柳伤春”，“腊烛有心还惜别”，“数峰清苦，商略黄昏雨，”随意举几个实例，我们就可以见出移情作用的神通广大了。

在移情作用中，人情和物理打成一片，物的形相变成人的情趣的返照。因此，物的意蕴深浅与人的性分深浅成正比例，深人所见于物者亦深，浅人所见于物者亦浅。比如同是一朵花，我看它觉得它微笑，你看它觉得它凝愁带恨，在另一个明心慧眼的人看来，它也许象征人生和宇宙的妙谛。诗人华兹华司（Wordsworth）说："一朵渺小的花对于我可以引起不能用泪表现出来的那么深的思想。"一朵花如此，一切事物也都是如此。微尘中能否见出大千，全靠看人的性分何如。

从这个事实我们可以抽出两个极重要的结论来。

第一，极简单的欣赏都寓有创造性。比如说欣赏自然风景。就一方面说，我们的心情随风景而生展，风景千变万化，心情也随之千变万化。就另一方面说，风景也随我们的心情而生展，心情千变万化，风景也随之千变万化。这就是从前人所说的"即景生情。因情生景"。"即景生情"便是欣赏，"因情生景"便是创造。情景相生，所以欣赏和创造是互相连带的。亚弥儿（Amiel）说："一幅自然风景就是一种心情"。我们可以补充一句说："一幅风景就是一件艺术品"。自然美毕竟还是人为美，因为生糙的自然无所谓美丑，人把自己的性格和情趣移注到它里面去，然后它才现为美景。它现给你看的和现给我看的不同，就因为我们俩所移注过去的性格和情趣不同。各人所见到的世界都是各人自己所创造出的。赫格尔说："艺术最大的任务在使人在外物界寻回自我"，也就是这个意思。

第二，一切直觉都是抒情的。无论是欣赏或是创造，我们都是在用直觉，都是在直接地觉到一种意象（Image）浮在心眼前，这就是在用想像（Imagination）。在直觉或想像中所见到的意象就是我们在上文所说的“形相”，也就是“因情生景”中的“景”。这种“景”并非原来在那里的，并非对于人人都是一律的，它是因“情”生出来的，所以它是各人的性格和情趣的反照。在物的“景”能表现在我的“情”，这可以说是直觉的定义，也可以说是艺术的定义。我们说“艺术是创造的”，“艺术是想像的”，“艺术是直觉的”，“艺术是抒情的”，“艺术是表现的”，其实这些只是一个道理的几种不同的说法。这个道理以克罗齐说的最为清楚。他说：“艺术把一种心情寄托在一个意象里面，心情离意象或是意象离心情都不能独立存在。史诗和抒情诗的分别，戏剧和抒情诗的分别，都是繁琐派学者强为之说，分其所不可分。凡是艺术都是抒情的，都是情感的史诗或剧诗。”文学上的古典主义和浪漫主义的争执，依克罗齐看，就起于意象和情趣可分离一个误解，古典派偏重意象的幽美而浪漫派则偏重于情感的自然流露。其实“在第一流作品中古典的和浪漫的冲突是不存在的；它同时是‘古典的’也是‘浪漫的’，因为它是情感的也是意象的，它是健旺的情感所化生的庄严的意象。”在诸艺术中情感和意象不能分开的以音乐为最显著。所以英国批评家丕德（Pater）说：“一切艺术都以逼近音乐为指归”。这话的意思就是指一切艺术都要泯化内容和形式以及情感和意象的分别。克罗齐引用这句话而加以补充说："其实说得更精确一点，一切艺术都是音乐，因为这样说法才可以见出艺术的意象都生于情感，凡是用机械的方法构成的，或是仍未脱尽自然本色的生糙性的，都不是艺术的意象。"

四　批评与创造的关系

（A）创造的批评

近代美学的根本原理如上所述，现在我们拿这些原理做根据，去研究文学批评上的几个重要问题。

第一个问题就是批评与创造的关系。批评所要做的究竟是什么一回事呢？就常识说，创造自然是创造作品，批评就是批评作品的好坏。从前多数的批评家也是这样想，所以在历史上"判官式的批评"（Judicial Criticism）最占势力。这派批评家心里都预存一些文学上的规矩法律，比如"文学要描写普遍的永恒的人性"，"文学要带有道德的教训"，"诗和散文要有分别"，"戏剧要守三整一律，不能超过五幕"之类。他们遇到一部新作品，就拿这些规矩法律来做标准去测量它，判断它的好坏。他们对于创作家俨然自居导师判官的地位，发号施令，挑剔毛病，丝毫不客气。这种批评的流弊我们是知道的。文学和其他艺术一样，要有创造的想像，而创造的想像不是几条死板的规律所能酿成的。批评本来是一件极难的事。莎斯比亚的老朋友约翰生（Ben Jonson）说得好：

“只有诗人，而且并非一切诗人，只有最上品的诗人，才有批评诗人的本领”。如果自己没有创作的经验，不了解创作上的甘苦，根据几条死板的规律来说是说非，总不免是隔靴搔痒，但是一般创作家大半只富于创造的想像，狠少有同时又富于冷静的思考力和分析力；而且他们的趣味偏重在创造，对于文艺的学理往往无暇过问。因此，理想的批评家虽然是创作家自己，而在事实上创作家往往不肯同时去做批评家。批评这件差事于是就落到一班自己不能创造而好空谈文学的人们的手里去。这么一来，事情可就弄糟了。批评家要拿“法”来限制创作家，而真正的创作家往往不肯接受这种限制，于是创造和批评愈隔愈远，结果两造就成了永世不解的冤家，许多创作家一听到“批评”两个字，就衔恨刺骨，批评的地位于是一天降低似一天。一般人就以为批评本来是一件下贱事业，只有自己不能创造而要吃笔墨饭的人们才肯去做。

不过这种判官式的批评只在十八世纪以前最流行。它闹出许多笑话，所以被人轻视。到了十九世纪以后，批评家就逐渐谦虚起来。他们第一步从判官的大椅上爬下来，站在创作家和读者中间做一个狠勤恳忠实的介绍人。他们说，我们不敢判断创作家的好坏，因为我们本来没有这个能力，但是我们能够帮助读者了解创作家，并且近一步去欣赏他们。这是法国圣博甫（Sainte

Beuve）一派批评家的态度。后来法郎司（Anatole France）和洛麦特（Le Waitre）一般人比圣博甫更加谦虚起来。他们连介绍人的地位也不敢居。文学的趣味原来是主观的，各人有各人的趣味，彼此不能强同。每个人只要根据自己的趣味去欣赏创作家，用不着什么介绍人。每个聪明一点的读者都是批评家，每个批评家只能把他自己欣赏作品所得的印象说出来，这种印象记对于旁人只是一部有趣的自传或小说，没有别的用处。法郎司说："依我看来，批评像哲学历史一样，只是一种给深思好奇者看的小说，精密地说，一切小说都是自传。一切真正的批评家都只叙述他的灵魂在创作中的冒险经过"。这句话就是印象派批评（Impressionistie Criticism）的信条。

从上文看，我们可以见出批评的态度是一天谦虚似一天，"批评"的字义也一天宽乏似一天。最初"批评"和"判断"（Judgment）是同义字，后来它和"诠释"（Interpretation）是同义字，再后来，它又和"欣赏"（Appreciation）是同义字。克罗齐和一般美学派批评家也把批评看成欣赏，就这一点说，他们和印象派一致；不过他们比印象派更进一步。印象派只说："批评就是欣赏"，克罗齐派学者补充一句说："欣赏就是创造"。近代美学所酝酿出来的批评所以有"创造的批评"（Creative Criticism）的称呼。

“创造的批评”的基本信条就是创造和欣赏根本是一件事。它们都是美感的经验，都是形相的直觉。无论是在创造或是在欣赏，我们都要见出一种意境或形相，而这种意境都必须表现一种情趣。比如说姜白石的“数峰清苦，商略黄昏雨”一句词含有一种情趣饱和的意境。姜白石在写这句词之先，须从自然中见出这种意境，感到这种情趣，然后拿这九个字把它传达出来。在见到意境感到情趣的那一顷刻中，他是在创造也是在欣赏。这九个字对于我只是一种符号，如果我不认识这九个字，这句词对于我就漫无意义，就失其艺术作品的效用。如果它对于我有艺术作品的效用，我必须从这九个字的符号中，领略出姜白石原来所见到的意境和所感到的情趣。我所感到和所见到的和姜白石所见到所感到的自然不能完全相同，但是大体总狠相似。在读姜白石的词而见到一种意境感到一种情趣时，我是在欣赏，也是在创造。我和姜白石所不同的只是程序的先后。他先有情趣，突然间心中涌现一种意象恰能表现情趣，于是以文字为媒介，把这个情趣和意象融合成的整个境界传达出来，于是有“数峰清苦，商略黄昏雨”一句词。我则先从文字媒介起，懂得这九个字的意义，于是从文字见出意象和意象所表现的情趣。他是由原文翻成译文，我则把译文翻成原文。

一首诗或是一件艺术品都有死的和活的两方面。死的是物质的，如文学所用的文字，图画雕刻所用的形色，音乐所用的谱调，跳舞所用的节奏姿势，以及一般人所认为有形迹可求的“作品”；活的是精神的，就是我们所说的情趣和意象融合成的整个境界。死的形迹因为精神贯注才现出生气，如果你没有见出精神而只见出形迹，（即传达出来的作品），它对于你仍然是死的。一首诗或是一件艺术作品并不像一缸酒，酿成了之后人人都可以去享受。它是有生命的，每个人尽管都看得见它的形迹，但是每个人不一定都能领会它的精神，而且各个人所能领会到的精神彼此也不能一致。它好像一幅自然风景，对于不同的观众可以引起不同的意象和情趣。比如说上文所引的姜白石的一句词，你读它所领略到的不能与我所领略到的完全相同，也不能与任何人所领略到的完全相同，因为每人所能领略到的境界都是他所创造的境界，就是他的性格和经验的返照，而性格和经验是人人不同的。不但如此，同是一首诗，你今天读它所领略到的和你明天读它所能领略到的也不能完全相同，因为性格和经验是生生不息的。欣赏一首诗就是再造一首诗；每次再造时，都要拿当时整个的性格和经验作基础，所以每次所再造的都是一首新鲜的诗。艺术作品的物质方面，除着受天时和人力的损害以外，大体是固定的；艺术作品的精神方面则时时刻刻都在变化中。或者说得精确一点，都在“创化”中。创造永不会是复演（Repetition），欣赏也永不会是复演，真正的艺术的境界永远是新鲜的。

每个人所欣赏的世界都是他自己所创造出来的。每个人都有几分是艺术家，所以对于艺术都有几分欣赏力。真正艺术家所以超过一般人的就在他比较超脱，比较能跳出实用圈套，用最锐敏的眼和最童贞的心去领略事物的本来面目，所以他能看到一般人所不能看到的境界。用通常语言来说，他比较富于创造的想像。他对于一般人好比是一个游玩艺术风景的指路者。他创造出一个世界来指给你看，你究竟看得见或看不见，就靠你自己有造化或没有造化。你如果看不见，你说他的艺术难；你如果看得见，他所创造的世界就变成你的世界了。陶渊明的“采菊东篱下，悠然见南山”是一种世界，曹雪芹的《红楼梦》，白仁甫的《秋夜梧桐雨》，冉伯让的老叟老妇画像，梵诃的木椅台布花瓶苹果之类的静物写生，浮尔加的船夫歌，爱卜斯丹的丑人怪物的雕像，也各是一种世界。在欣赏这些作品时，我们多少须把自己抬举到作者的地位，把他们所创造的世界创造出来，使它们变成我们自己的。艺术是助人解放的（Liberative），所谓解放，就是从极窄狭极浅陋极干枯的观世法，解放到极深广极微妙极生动的观世法。一件极平凡的事物，比如说一朵花，一座茅房，一个妇人的哭声或是几个海浴者躺在沙滩上晒太阳，经过艺术的点染，便成为一种情趣深永的图画。我们所欣赏的艺术愈多方，愈不同，我们的眼光也愈加锐敏，趣味也愈加深广，见地也愈加远大，人生世相也愈显得灿烂华严。

（B）传达问题

以上所述“欣赏即创造”的道理大半根据克罗齐的美学。克罗齐把创造和欣赏都看成形相的直觉，而形相的直觉不能同时带有概念的思想，所以他以为批评的态度和美感的态度是不相容的。既用批评就须用思想；既用思想，就不复是直觉，心里所有的便是概念而不是单纯的意象。克罗齐曾说：“诗人死在批评家里面”，意思就是指直觉与思想不相容。不过这里所谓“批评”是用它的习惯的字义。克罗齐的门徒斯宾干（Spingarn）把“批评”的习惯的字义（就是“判断”）丢开，把它看作与“欣赏”同义，于是欣赏固然是创造，批评也是创造了。这个“批评即欣赏，亦即创造”学说在近代影响狠大，攻击它的人也狠多，平心而论，它确有不能完全使人满意的地方。

粗略地说，艺术活动可以分为（一）创造（二）传达（三）欣赏（四）批评四种。创造指心中直觉到一个形相，这就是说，造成一个意象，例如姜白石在下笔之前心中所酝酿成的“数峰清苦，商略黄昏雨”一句词的意境，这就是通常所谓“腹稿”，苏东坡所谓“成竹在胸”，我们在上文所说的艺术作品的精神方面。传达指选择一种符号把心中的意象外射出来，留一个固定的具体的痕迹，可以传给别人看，这就是把诗写在纸上，把画涂在壁上，把乐谱成调子，例如姜白石的“数峰清苦商略黄昏雨”九个字。传达的活动就是通常所谓“表现”（Expression），传达的结果就是通常所谓“作品”，我们在上文所说的艺术作品的物质方面。欣赏指见到作品而悟到作品所表现的意象和情趣，这层包含了解在内，例如读上文所引的姜白石的一句词而尝到词中的滋味。批评则于了解欣赏之后，对于作品加以估价，判断它是美还是丑，或是美到某种程度。

一般学者攻击克罗齐派美学，理由不外两点：第一，他没有顾到传达，第二，他没有顾到批评所必顾到的价值问题。其实克罗齐对于这两点也并非没有顾到，不过他的说法与一般说法不同。现在把这两层分开来说。

一般人所谓“创造”或“表现”实在都是指“传达”，就是取一种艺术媒介（Medium）把在内的意象表达到外面来，成为一种“作品”。克罗齐则以为创造或表现完全是在内的活动。心里直觉到一个形相，就是创造，就是表现，也就是艺术。至于传达并不能算是创造或表现，也不能算是美感的活动，它只是把心中已酝酿成的艺术用符号翻译出来。传达出来的有形迹可求的作品只是一种“物理的事实”（Physical fact）。这种物理的事实绝对不应与艺术相混。艺术即直觉，一不带概念的思想，二不带实用的目的。把在内的艺术变成在外的物理的事实，就要用概念的思想，例如选择媒介及考虑技巧等等；其次它也要带有实用目的，例如要传达给别人欣赏，要谋名谋利，要求同情等等。艺术是一种心灵的活动，不是一种物理的事实，所以艺术不能用物理的机械的方法构造起来。堆字积句不能成诗，所以排字匠不是诗人；量形称石，不能成雕像，所以运像的搬夫不是雕刻师。艺术品是物理的事实，可以买卖授受；艺术是心灵的活动，不能买卖授受。你仅管以重价买一幅腊斐尔的真迹，如果你不能欣赏，它对于你只是一件“物理的事实”而不能算是艺术。

克罗齐要着重艺术是心的活动一层道理，所以把翻译在内的意象为在外的作品（即传达）一件事实看得太轻。在他看，心里直觉到一种形相或是想见一个意象，就算尽了艺术的能事。真正艺术家都是自言自语者。没有心思要旁人也看见他所见到的意象。如果他有意要把这个意象描绘出来成作品，目的是在为自己备忘或是传达给别人，他便已变为实用人了。克罗齐并不否认传达这件工作也很重要，但是他否认传达本身是创造，或是艺术的活动。

这种见解显然是太偏激一点。第一，每个人都能用直觉，都能在心中想见种种意象，但是每个人不都是艺术家。为什么呢？艺术家除着能“想像”（这是他与一般人相同的）以外，还要能把所想的“像”表现在作品里（这是他所独有的本领）。艺术家决不能没有艺术作品。我胸中仅管可以想像出许多很美的“成竹”，但是到我蘸墨挥毫时，我的心里意象不能支配我的筋肉活动，手不从心，无论如何出力，也不能把它画在纸上，我所画出来的和我心里所想像出来的完全是两回事。这就因为我不是画家，没有传达的技巧。因为没有传达的技巧，我所以不能把心里所想像出来的外射于作品。从此可知传达对于艺术是一种狠重要的活动。

替克罗齐辩护的人们也许说：这番话虽有道理，可是并不能推翻“创造是直觉的在内的，传达是实用的在外的”一个根本的分别。但是克罗齐的学说还有一个更大的毛病，就是他没有顾到艺术家在心里酝酿意象时，常不能离开他所常用的特殊媒介或符号。比如说所想到的意象是一棵竹子，这个意象可写为诗，可写为画，可雕为像，甚至于可表为音乐和跳舞的节奏。从表面看，我们说意象是同一的，因为所用的媒介或符号不同，所以产出不同的作品。其实不同的作品所表现传达的意象并不能同一，画家想像竹子时要连着线条颜色阴影一起想，诗人想像竹子时要连着字的声音和意义一起想，音乐家想像竹子时要连着声调节奏一起想，其余类推。这就是说，克罗齐所谓直觉或创造和他所谓传达或“物理的事实”在实际上是不能分开的。由创造到传达，并非是由甲阶段走到一个与甲完全不同的而且不相干的乙阶段。创造一个意象时，对于如何将该意象传达出去，心里已经多少有些眉目了。这个道理在做诗文时更容易见出。做诗文所用的媒介或符号是语言文字。做诗文的人们很少有（也许绝对没有）离开语言文字而运思的。创造与传达所用的媒介物常相依为命。我们只稍留心艺术发达史，就知道这个道理。古希腊的建筑用长石条，以柱为重，古罗马的建筑兼用泥石混合物，以墙及顶为重，中世纪高惕式轻墙重窗及顶，须以柱斜撑高顶的重量，结果造成三种不同的艺术作风。这三种作风固然与时代背景有关系，但是也有一部分因为媒介的不同。不必远说，我们只看看用文言作诗文和用白话作诗文的分别，就可以知道传达所用的媒介往往可以支配未传达以前的“意匠经营”。

由想像常受媒介影响一个事实看，传达虽大体是“物理的事实”而实不全是“物理的事实”。还有一层，创造意象受传达的影响还不仅在媒介，最重要的还在心理的背景。想出意象来预备传达出去，和想出意象不预备传达出去，心理的背景大不相同，一个受社会影响支配，一个不受社会影响支配。照克罗齐说，艺术家都是自言自语者，没有把自己的意境传达给别人的念头，因为同情名利等等都是艺术以外的东西。这固然是一部分的真理，但却不是全部真理，艺术家同时也是一种社会的动物，他有意无意之间总不免受社会环境影响，艺术的动机自然须从内心出发，但是外力可以刺激它，鼓励它，也可以钳制它，压抑它。风气的势力之大实非我们意料所及。如果英国伊利萨伯时代，戏剧不是最流行的娱乐，莎斯比亚也许不会写出他的许多杰作，如果摆伦生在十八世纪初页，他也许和蒲伯做同样的假古典派的诗。每时代的文学风格都与当时社会背景有关，我们只稍研究文学史就可以知道。人是社会的动物，到能看出自我和社会的分别和关联时，总想把自我的活动扩张为社会的活动，使社会与自我同情。同情心最原始的表现是语言。艺术本来也是语言的一种。没有社会就没有语言，也就没有艺术。有一派心理学家（如包尔温 Baldwin）以为艺术起于“自炫的本能，”固然太过重艺术的社会性，其实也不无真理。艺术家有时虽看轻社会，鄙视它没有能力欣赏较高的艺术，但是心中仍不免悬有一种未来的理想的同情者。钟期死后伯牙就不再鼓琴，这真是艺术家的坦白。有些人知道“千秋万岁名，寂寞身后事”，所以把作品“藏之名山，传之其人”。这种同情心的需要并不减低艺术的身分，而且艺术可珍贵的地方也就在此。几千年前或几万里外的一个人的心里的灵光一闪烁，还能在我们心里引起共鸣反应，这种“不朽”是多么伟大！克罗齐派学者把艺术完全看成个人的，否认传达与艺术有密切关系，就没有见出这种伟大。他们的毛病在用谨严的逻辑把整个的人分析为“美感的人”

“实用的人”“科学的人”等等，忘记人是一个完整的有机体，不是用逻辑方法所构成的机械。“美感的人”与“科学的人”和“实用的人”在理论上虽有分别，而在实际上是不能分割开来的。

（C）价值问题

英国心理学派批评家芮伽兹（I. A. Richards）说过：“批评学说所必倚靠的台柱有两个，一个是价值的讨论，一个是传达的讨论。”关于传达的讨论，克罗齐的学说不甚圆满，已如上述。现在我们来看他对于价值的讨论结果如何。所谓价值就是好坏美丑的问题。比如看到一本艺术作品，我们可以说：这是丑的或是美的么？我们能够比较两个作品，说这个比那个更美么？如果能够，这美丑的标准是如何定出来的呢？

严格地说，克罗齐的美学中不能有价值问题。因为批评价值，被评判的对象一定是人人看得见，觉得着的。在艺术方面，这种被批评的对象通常是作品。克罗齐否认传达为艺术的活动，否认传达出来的东西为艺术，他所谓艺术完全是含蓄在心里的意象，那是除自己以外没有旁人能看得见的，所以旁人无法可以评判他的好坏美丑。就这一层说，我们可以见出克罗齐抹煞传达的另一个毛病，就是抹煞传达，势不能不同时抹煞价值。他着重创造和欣赏的同一，忘记创造者和欣赏者有一个重要的分别。创造者直觉形相时所凭藉的是自己的切身经验，欣赏者将原形相再造出来时所凭藉的第一是创造者所传达出来的作品。就创造者说，美丑固可在形相本身见出，而就欣赏者说，形相的美丑必须于作品的美丑见出。普通所谓“批评”不仅批评意象本身（内容）的价值，尤其要批评该意象的传达或表现（形式）是否恰到好处。这就是说，批评的对象不仅在意象本身而尤其在意象的传达方式。克罗齐否认作品为艺术，而欣赏者就失去被批判的对象了。

再近一层说，单论未传达出来的形相或意象，它能否有美丑的分别呢？克罗齐也承认艺术的特殊价值是美，犹如善是伦理的特殊价值，真是科学的特殊价值。在他看，“美就是成功的表现，或则说得更干脆一点，就是表现，因为没有成功的表现并非表现”。丑则为“没有成功的表现”。美是绝对的，没有程度的分别。凡是直觉都是表现，都是艺术，凡是艺术都是美的。大艺术家的直觉和一般人的直觉只在分量上有分别，在性质上并无分别。我们不能说这个艺术作品比那个更美。如果莎斯比亚的“李尔王悲剧”是完美的表现，如果他的某一首十四行诗也是完美的表现，我们就不能说那部悲剧比那首十四行诗更美更伟大。这个说法在事实上固不能使人满意，在名理方面也狠多毛病。克罗齐的美学可以用下列方程式总结起来：——

直觉＝表现＝创造＝欣赏＝艺术＝美。

这个等式表面虽承认美的实在，实际上则根本推翻美丑的分别。凡是艺术都必为成功的表现，都必定美，没有成功的表现就不是艺术，那末，丑（没有成功的表现）就须落在艺术艺围之外，既是艺术就不能拿“丑”字去形容了。克罗齐如果澈底，他只能承认艺术与非艺术的分别，而在艺术范围之内，不能承认美与丑的分别。这样一来，艺术范围之内便无所谓价值问题了。

论小品文

——一封公开信——

——给《天地人》编辑者徐先生

徐先生：承你两次赐信，嘱为《天地人》写一点稿子，实在惭愧，想来想去，找不到一个合式的题目。我近来因为讲一门关于艺术和诗的理论的功课，研究一些陈腐干燥的问题，动笔一写，就是经院气十足的长篇大论。这种文章理应和一般油印讲义享同样的命运，我虽然敢拿它来献丑，恐怕读者也还是以看油印讲义的心情对待它。这种心情你知道也许比我更清楚，用不着说。我常觉得文章只有三种，最上乘的是自言自语，其次是向一个人说话，再其次是向许多人说话。第一种包含诗和大部分纯文学，它自然也有听众，但是作者的用意第一是要发泄自己心中所不能不发泄的，这就是劳伦司所说的“为我自己而艺术”。这一类的文章永远是真诚朴素的。第二种包含书信和对话，这是向知心的朋友说的话，你知道我，我知道你，用不着客气，也用不着装腔作势，像法文中一个成语所说的“在咱们俩中间”（Entre Nous）。这一类的文章的好处是家常而亲切。第三种包含一切公文讲义宣言以至于“治安策”“贾谊论”之类，作者的用意第一是劝服别人，甚至于在别人面前卖弄自己。他原来要向一切人说话，结果是向虚空说话，没有一个听者觉得话是向他自己说的。这一类的文章有时虽然也有它的实用，但是狠难使人得到心灵默契的乐趣。这三种文章之中，第一种我爱读而不能写，第三种我因为要编讲义，几乎每天都在写，但是我心理实在是厌恶它，第二种是唯一的使我感觉到写作乐趣的文章。我的最得意的文章是情书，其次就是写给朋友说心事话的家常信。在这些书信里面，我心里怎样想，手里便怎样写，吐肚子直书，不怕第三人听见，不计较收信人说我写得好，或是骂我写得坏，因为我知道他，他知道我，这对于我是最痛快的事。

徐先生，我说了这一大番话，只是要向你告罪，我没有替你写篇文章，只写这封信给你来代替。上面的帽子太长了，反正我在写信，一写就写出许多废话，你如果嫌啰嗦，也是你自惹的。我和你似乎还没有见过面，但是你既写信给我，我既写信给你，我就要向你要求通信人所应有的相互的亲密和自由，容许我直说！容许我乱说！信既写给你，就是你的所有品，前面虽注明“公开”字样，你公开与否，那也完全是你的事。

你主编的《天地人》还没有出世，我不知道它的性质如何。你允许我们把它弄得比《人间世》“较少年”。这叫我想起《人间世》以及和《人间世》一模一样的《宇宙风》。你和这两个刊物的关系似乎都狠深。《天地人》虽然比它们“较少年”，是否也还是它们的姊妹？《人间世》和《宇宙风》里面有许多我爱读的文章，但是我觉得它们已算是尽了它们的使命了，如果再添上一个和它们同性质的刊物，恐怕成功也只是锦上添花，坏就不免画蛇添足了。

《人间世》和《宇宙风》所提倡的是小品文，尤其是明末的小品文。别人的印象我不知道，问我自己的良心，说句老实话，我对于许多聪明人大吹大擂所护送出来的小品文实在看腻了。我在《人间世》里也忝在特约撰述人之列，它和《宇宙风》的执笔者大半是我敬仰的朋友们，如果我对于它们表示不满，徐先生，你知道，我决不是一个恶意的批评者。我们要知道怎样爱护一个朋友，使他在脑子里常留一个好印象；我们也要知道怎样爱护一样爱吃的菜或爱玩的东西，别让我们觉得它腻，因而生反感。我的老妈看见我欢喜吃菠菜，天天给菠菜我吃，结果使我一见到菠菜就生厌。《人间世》和《宇宙风》已经把小品文的趣味加以普遍化了，让我们歇歇口胃吧。

我从前颇爱看康南海的字，后来看到许多人模仿康南海写的字，皮貌未常不像，但是总觉得它有些俗滥，因此我现在对于康南海字的情感也淡薄了许多。我对于晚明小品文也有同样的感觉，它自身本很新鲜，经许多人一模仿，就成为一种滥调了。我始终相信在艺术方面，一个人有一个人的独到，如果自己没有独到，专去模仿别人的一种独到的风格，这在学童时代做练习，固无不可，如果把它当作一种正经事业做，则似乎大可不必。中国人讲艺术的通病向来是在制造假古董。扬雄生在汉朝，偏要学周朝人说话，韩愈生在唐朝，偏要学汉朝人说话，归有光生在明朝，方苞生在清朝，偏都要学汉唐人说话。“古文”为世姤病，就因为它是假古董，我们生在二十世纪，硬要大吹大擂地捧晚明小品文，不是和归有光方苞之流讲“古文”的人们同是闹制造假古董的把戏么？归方派古文家和现在晚明小品文的信徒都极力向“雅”字方面做，他们所做到的只是“雅得俗不可耐”。要雅须是生来就雅，学雅总是不脱俗。嵇康谈忍小便的话不失其为雅，因为它是至性流露的话，一般吟风弄月的话学雅而落俗套，因为它是无个性的浮腔滥调。西施有心病捧心而颦，自是一种美风姿；东施无心病而捧心效颦，适足见其丑拙。制造假古董，无论它所标的时代是汉唐是或晚明，都不免使人生捧心效颦之感。

我并不敢菲薄晚明小品文，但是平心而论，我实在不觉得它有什么特别胜过别朝的小品文的地方，我觉得《檀弓》，《韩诗外传》《史记》的列传，《世说新语》以及《汉魏丛书》里面许多作品也各别有风趣，我尤其不相信袁中郎的杂记比得上柳子厚，书信比得上苏东坡。我并不反对少数人特别嗜好晚明小品文，这是他们的自由。但是我反对这少数人把个人的特殊趣味加以鼓吹宣传，使它成为弥漫一世的风气。无论是个人的性格或是全民族的文化，最健全的理想是多方面的自由的发展。晚明式的小品文聊备一格固未常不可，但是如果以为“文章正轨”在此，恐怕要误尽天下苍生。专拿一个时代的风格做艺术的最高理想，这在中国也是自古有之。李梦阳何景明之流拼命学唐诗，清末江西派诗人拼命学宋诗，他们的成绩何如呢？

“小品文”向来没有定义，有人说它相当于西方的Essay。这个字的原义是“尝试”，或许较恰当的译名是“试笔”，凡是一时兴到，偶书所见的文字都可以叫做“试笔”。这一类文字在西方有时是发挥思想，有时是抒泻情趣，也有时是叙述故事。中文的“小品文”似乎义涵较广。凡是篇幅较短，性质不甚严重，起于一时兴会的文字似乎都属于小品文，所以书信游记书序语录以至于杂感都包含在内。如果照这样看，中国书属于“集”部的散文可以说大部分都是小品文。从汉朝以后，中国文人大部分都在这种小品文上面做工夫。现在一般人特别推尊小品文，也可以说是沿袭中国数千年来的一种旧风尚。这种旧风尚实在暴露中国文学的一个大缺点，就是缺乏伟大艺术所应有的“坚持的努力”。我并非说作品的价值大小完全可以篇幅长短为准。但是拿中国文学和欧洲文学相较，相差最远的是大部头的著作，这是无可讳言的。写一部《红楼梦》比写一篇《杜秋娘传》，写一部《西厢记》比写一篇《会真记》，都需要较大的“坚持的努力”，这也是大家所公认的事实。中国文人没有多创造类似《红楼梦》《西厢记》之类的长篇大作，原因固然很多，我以为其中之一就是太看重小品文。他们的精力大部分在小品文中销磨去了，所以不能作较大的企图。现在我们的新兴文艺刚展开翅膀作高飞远举的准备，我们又回到旧风尚去推尊小品文，在区区看来，窃期期以为不可。

现在一般文人偏向小品文，小品文又偏向“幽默”一条路走。小品文本身不是一件坏事，幽默本身也不是一件坏事。但是我相信幽默要有一个分寸，把这个分寸辨别恰到好处，却是一件极难的事。说高一点，陶潜和杜甫有他们的幽默，说低一点，平津说相声的焦德海和他的同行也有他们的幽默。现在一般小品文的幽默究竟近于哪一个极端呢？滥调的小品文和低级的幽默合在一起，你想世间有比这更坏的东西么？极上品的幽默和最“高度的严肃”往往携手并行；要想一个伟大的文学产生，我们必须有“高度的严肃”，我们的小品文的幽默是否伴有这种“高度的严肃”呢？我理想中的中国文学刊物是和英国的 London Mercury 与 Criterion 及法国 Nouvelle Revue Francaise 相类似的，但是我所见到的中国文学刊物每使我联相到 Punch 和 John O' London 之类的杂志。徐先生，如果你明白我心里的怅惘和忧虑，你也许能原谅我向你叨叨不休地表白一种愚拙的希望吧？

徐先生，你是一个文学刊物的编辑者，你知道，在现代中国，一个有势力的文学刊物比一个大学的影响还要更广大，更深长。这是否是一个好现象，我不敢断定。我所敢断定的是你们编辑者实在负有一种极重大的责任。你们的听众，在这文盲遍地的中国，也往往有几十万人之多，你们是青年所敬仰的先进作者，你们的笔杆略一摇动，就有许多人跟着你们想，读你们所爱读的书，做你们所爱做的文章，你们是开导风采者。但是，徐先生，在一个无判别抉择力的群众中开导风气，有它的功劳，也有它的危险。你们高唱小品文，别人就会忘记小品文以外还有较重大的文学事业；你们高唱晚明小品文，别人就会忘记明晚以外的小品文也还值得一读。自然，小品文也是文学中的一格，晚明小品文也是小品文中的一格，都有存在的价值，你们欢喜它，是你们的自由，但是如果把它鼓吹成为风气，这就怕不免有我所忧惧的危险了。“始作俑者，其无后乎！”徐先生，这是多么可怕的一个警告！

北平仍在罢课期中，闲时气闷得很，我到东安市场书摊上闲逛，看见“八折九扣”的书中《袁中郎全集》和《秋水轩尺牍》《鸿雪因缘》之类的书藉摆在一块，招邀许多青年男女的好奇的视线。你们编辑的刊物和“晚明小品”之类的书藉也就在隔壁，虽然是对面装璜比较来得精致一些。我回头听到未来大难中的神号鬼哭，猛然深深地觉到我们的文学和我们的时代环境间的离奇的隔阂。徐先生，你允许我们使《天地人》“比较少年”，你知道我多么热烈地希望你能实践这个允许啊！

光潜　念五年一月七日深夜。

图书在版编目（CIP）数据

孟实文钞 / 朱光潜著. —北京：中国国际广播出版社，2013.1
（良友文学丛书）
ISBN 978-7-5078-3524-3

Ⅰ. ①孟…　Ⅱ. ①朱…　Ⅲ. ①文学理论－文集
Ⅳ. ①I0-53

中国版本图书馆CIP数据核字（2012）第266075号

孟实文钞

著　　者	朱光潜
责任编辑	杜春梅　姚　兰
版式设计	国广设计室
责任校对	徐秀英
出版发行	中国国际广播出版社（83139469　83139489[传真]）
社　　址	北京复兴门外大街2号（国家广电总局内） 邮编：100866
网　　址	www.chirp.com.cn
经　　销	新华书店
印　　刷	环球印刷（北京）有限公司
开　　本	620×920　1/16
字　　数	88千字
印　　张	12
版　　次	2013年1月　北京第一版
印　　次	2013年1月　第一次印刷
书　　号	ISBN 978-7-5078-3524-3/I·395
定　　价	38.50元

CRI
中国国际广播出版社
欢迎关注本社新浪官方微博
官方网站 www.chirp.cn

人文阅读与收藏·良友文学丛书

(1)	鲁　迅　编译	竖　琴
(2)	何家槐　著	暧　昧
(3)	巴　金　著	雨
(4)	鲁　迅　编译	一天的工作
(5)	张天翼　著	一　年
(6)	篷　子　著	剪影集
(7)	丁　玲　著	母　亲
(8)	老　舍　著	离　婚
(9)	施蛰存　著	善女人行品
(10)	沈从文　著	记丁玲
	沈从文　著	记丁玲续集
(11)	老　舍　著	赶　集
(12)	陈　铨　著	革命的前一幕
(13)	张天翼　著	移　行
(14)	郑振铎　著	欧行日记
(15)	靳　以　著	虫　蚀
(16)	茅　盾　著	话匣子
(17)	巴　金　著	电
(18)	侍　桁　著	参差集
(19)	丰子恺　著	车箱社会
(20)	凌叔华　著	小哥儿俩
(21)	沈起予　著	残　碑
(22)	巴　金　著	雾
(23)	周作人　著	苦竹杂记　（暂缺）